imaginist

想象另一种可能

理
想
国

imaginist

刘克襄 著

十五颗小行星

探险、漂泊与自然的相遇

广西师范大学出版社
·桂林·

自序：小行星絮语

“人生没有意义。”

十七岁的孩子考完学测后，忧郁地跟我和内人说。

“为何没有意义？”我们关切地跟他沟通。

他提出一个要求，只要染头发即可。

去年他毫无预警地染过一次，后来还偷偷打了耳洞。这回总算事先通报。我们商量了一阵，建议他买安全的植物染剂，回家自己染，减轻对身体的伤害。隔天，他便付诸行动，心情也顿时开朗起来，似乎又有一个新的开始。

好单纯天真的生命呵！这是我在整理本书十五篇跟自然生死相关的手稿时，孩子跟我之间的一段生活插曲。也可能，就是全部。

嗯，真的，就是全部了。若仔细回想，从初中以后，孩子和我的交集愈来愈少，有时甚至只剩“我走了”、

“我回来了”的招呼。

我们忙，他似乎也很忙。但忙到应对如此简单，着实教人感伤。不免怀念起早年带他奔跑野外、攀爬山林的快乐。原本希冀他在成长过程里跟我一样，生命不断地被大自然所浸润。怎知世界的天平，并非向我们这边倾斜。他凝望世界的方式，跟我截然不同。

崇拜太宰治，睥睨学校课程。面对这样的孩子，我是有些挫折的。内人安慰我：“至少这次他愿意跟我们讨论，分享他的心情。”她的意思是，这个家还存在着牵引、依存的力量。

是吗？我还是扼抑不住自己的狐疑，只好喃念着：“等他高中毕业了，我们再像以前一样，带他到乡野旅行，或者再攀爬高山吧！”

话说得这么无奈，不免更加沮丧。最近打开抽屉，我的文具旁仍摆放着好几册他小时候画的动物和地图，看到这些他自制的图画书，不禁油然窝心。我们仿佛在同一个星系，一起运行。

十七岁的他现在可不一样了，或许现在仍继续环绕着我们，但也有了自己的轨道，正在快速运转。而且很显然，在这条自转的路线上，可能是他人生离我们最远的时候。

我们定定地亮着，他像一颗忽明忽暗的星球。

其实这般不安伤脑筋时，我们也常反省，会不会太过于急切了，总以自己的经验衡量现世的价值。比如我和内人都是比较会读书的学生，但从未想到，一个不太想读书又很有叛逆想法的人，他是如何度过生命最懵懂的阶段。这孩子的成长，莫非是我们生命的辩证？我们因他的时而疏离，反而看到了更多不同的人生风景。

好，再回到那句让我们忐忑不安的话吧，人生没有意义？

我们顺着孩子的心意，让他染发解闷，但我们相信他的“人生没有意义”还会持续不断地发生，持续不满足。或者还会有下一回的染发，或者以其他方式寻找慰藉的出口。

人生的意义何在?

我肯定，十七岁是不会有答案的，二十七岁都很难。

而我突然也想起正在修润的十五篇文章，那些传奇的、漂泊的，或者探险的人物，还有更多名不见经传的庶民。半甲子以来，在我的田野访查和自然旅行的过程里，他们以各种璀璨独特的生活经验，陆续闯进我的旅次，撞击我的生命。

孩子是星球，他们也是，但明显大不同。

回首自己的夜空里，他们仿佛是在地平线上，熠熠繁星里最明亮的那几颗。有的以刹那的美丽错身，提示我漂泊流浪的奥义，有的则反以一辈子的清贫寂苦，向我从容灌顶。更有以壮烈果决之死亡，见证自己的存在。还有平凡度日者，静默地追寻可能的永续家园。他们都具有单纯而强韧的生活质地，热情而努力地锤炼自己，或者耗尽自己，把生命拉出深邃的美丽面向。

他们和我的孩子是不同的星球。色泽、明度、成分和质量都不同的小行星。

天文学家依小行星的轨道或光谱，把太空中的小行星归纳分类，有些类别较多，有些较少。在浩瀚无垠的宇宙中，目前人类已经发现了几十万颗的小行星。但也还有许多尚未发现，未被归类的小行星。

我很喜欢这样的小行星状态和分类。人生似乎亦然，有些清楚了，也总有些还是混沌未明。即将付梓前，我仍不时试着抽剥这十五篇文章里每个人物生命的核心本质，回味着他们和我生命间折射出的光影和波长。

前五篇集中于走山探险的悲喜与荣辱，带来的生命撞击。第六到第十篇是他人的成长和漂泊，如何了悟生命的智慧。最后五篇则是个人探寻至今，接触自然家园的见识。或许，这是我的史诗。我的，很小的，一个人的伊利亚特到奥德赛，从探险、漂泊到返乡。

至于我的孩子，应该还是尚未成形，还未归类，或命名的。

十七岁时怀疑生命，这种困惑是可以理解的。但人生的意义从来都不是引言，更不是课堂上的是非题或申论题。人生的意义是后设的。我们用一辈子追逐，可能最后回首时，才会恍然明白。

这话孩子今天尚难受用，其他同岁数的年轻人恐怕亦然。我很幸运在自然观察和探险的旅途里，邂逅了这些人和事。感谢他们有意无意地跟我对话，引我惊诧，渡我省思。晚近更有机会埋首书写，跟自己的青春忏示，独留下这样的小行星絮语。

人生不是没有意义。人生有很多种可能。是过了以后，才知道。不是开始的疑惑，或一直停留在这个阶段。

而是小事的慢慢积累，堆叠出未来，同时形塑了自己的高度和亮度。

我也在努力变成这样的小行星。

运行与相遇

一九八〇年

服役于海军 912 号军舰，在左营军港邂逅老鹰。此后在苏澳、基隆亦不断记录。

一九八〇年

在日本 NHK《丝绸之路》的节目里，看到了彭加木的报道。特别透过返回香港工作的同学写信给他。希望日后前往探险，却不知彭加木已于五月时失踪。

一九八一年

退伍，加入台中野鸟保育协会，经常旅行中部各溪流的中上游和河口，撰写鸟类相关文章。

一九八二年

北上工作。九月抵关渡沼泽区，从事淡水河鸟类生态环境调查。十二月于沙仑海岸邂逅东方环颈鸻，日后写出动物小说《风鸟皮诺查》。

一九八四年

参加了张致远和张铭隆等人组成的探查队，前往兰屿寻找恙虫。怎知这二位友人，后来都前往珠峰探险。

一九八六年

经常走访八德路台湾分馆，钻研于台湾自然志文献的爬梳。开始认识诸多探险家、宣教士和博物学者，诸如郇和、马偕、森丑之助和鹿野忠雄等人。

一九八六年

《人间》副刊同事王志明辞世，和胡德夫各带了其一片小骨骸，奔赴台湾南北两头。二十多年后，才再相逢。

一九八八年元月

陈抵带（托泰布典）从花莲寿丰乡老家写信给我。此后，我们断续通信五六年。

一九八八年十二月

和一群鸟友，包括张巍萨，前往兰阳溪河口赏鸟，那时我还不认识他。

一九九〇年

三毛和我通电话，相约去关渡观看芦苇，此事一直未成行。来年元月三毛往生。

一九九一年

经常攀爬高山和古道，追寻百年前西方旅行家走过的路线。

一九九一年六月

张巍萨和友人陈定昆在大陆罹难，方才认识这位勤奋不懈的赏鸟同志。

一九九二年起

专注在住家后面的小绿山，进行三年低海拔环境自然观察，尝试成为一名博物学者。以自然志角度，报道黑面琵鹭在曾文溪口的故事。

一九九二年

从沈振中寄给我的三封信，惊叹其观察老鹰习性的惊人毅力，特别前往基隆外木山拜访他。

一九九二年

在诚品敦南店讲演古道探查，遇见拾方方。未料两年后，他成为台湾第二位珠峰的登顶者，却未下山。

一九九三年春天

因为寻找某一稀有鸟种，在金山邂逅了大学刚毕业的姜博仁。没想到，日后他竟成为寻找云豹的研究者。

一九九四年

注意到森富美和森丑之助之间的父女关系。秋天时前往日本，在东京国会图书馆，试图从各种相关史料发现可能的只言片语。

一九九五年

起经常利用假日，在北台湾山区漫游。日后攀爬之山径、古道和自然步道多达三百多条。

一九九五年

起经常利用假日，在北台湾山区漫游。日后攀爬之山径、古道和自然步道多达三百多条。

一九九三年春天

因为寻找某一稀有鸟种，在金山邂逅了大学刚毕业的姜博仁。没想到，日后他竟成为寻找云豹的研究者。

一九九四年

注意到森富美和森丑之助之间的父女关系。秋天时前往日本，在东京国会图书馆，试图从各种相关史料发现可能的只言片语。

一九九五年

起经常利用假日，在北台湾山区漫游。日后攀爬之山径、古道和自然步道多达三百多条。

一九九八年

追寻英国摄影家汤姆生的脚步，走访荖浓溪上游的山区，不小心进入桃源乡的高中部落。

一九九九年元月

时攀爬猴山岳，下山中途遇见林家草厝的三兄弟，正在梯田育作秧苗。此后断续十年，经常走访此一山区。

一九九九年初

在阿里山旅行调查时，遇见新西兰人费尔.车诺夫斯基，正在寻找失踪于此山区的孩子，鲁本。

二〇〇一年五月

起经常走访平等里，在鹅尾山的水圳世界来去，并视此为阳明山山区森林风貌最为绮丽的环境。

二〇〇四年

钻研各种失落的野菜和水果，走访各地菜市场和果园，并素描各种物种插图。

二〇〇五年六月

走访桃源乡高中部落，参观塔罗流溪，聆听八部合音。

二〇〇六年六月

在台中公馆搭乘客运，遇见了常年搭车，从伸港至台中贩卖海鲜的阿嬷。

二〇〇七年

参与中埔山和小绿山等森林保育活动。

二〇〇八年

全台到处旅行，走访有机家园和农夫市集。

二〇〇八年五月

走访敦煌，仿佛才了然当年三毛邀约前往关渡之因。同时，遽然想起二十初岁时崇仰的探险家，彭加木。

二〇〇八年八月

沿平顶旧圳上行，欲往擎天岗，经过一石厝，撞见怪婆婆。

二〇〇九年二月

走访老五民宿，惊见此一有机家园，坐落于饱受土石流威胁的环境。

目录

Chapter 1

隐逝于宝岛山林

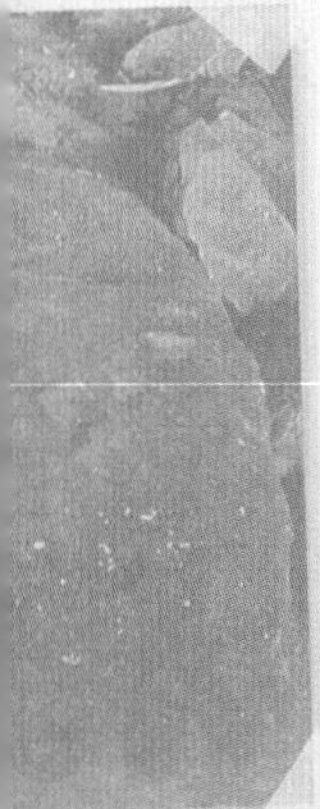

"Jody"，从你的留言，我第一次注意到江蕙的英文名字。

那是一九九九年初，冬末春初之交，你，费尔·车诺夫斯基，一名听不懂国语、闽南语的外国人，漂泊于阿里山山区时，不断地听到了，各地都在播放着她的闽南语歌曲。

我对照了历年江蕙的歌唱作品，那时她正巧出版了《半醉半清醒》。在这张暌违两年多的专辑里，江蕙的唱腔首度融入生活况味，摆脱了传统闽南语歌曲的苦情风格。你后来购买的想必就是这一张吧。

你就这样反复聆听着江蕙的歌曲，压抑着悲伤，一边继续在这个异国的偏远森林，寻找你失踪的孩子，鲁本。虽然江蕙被誉为"台湾人最美的声音"，但我从未想过她的歌曲竟能安抚一名异乡者的失子之痛，而你似乎从第一回听到时，就获得了幽微的鼓舞力量，因而牢记着它了。

记得初次遇见你在奋起湖。那天我坐在月台上，正准备享用著名的火车便当。才打开热腾腾的饭盒，远远地便瞧见一名高头大马的外国人，胸前挂着一个告示牌走来，乍看还以为是传播福音的热情信徒。我慌忙撇过身子，兀自吃着便当，根本未曾留心你的形容，或者在做什么。

未几，在祝山，我们有了第二次的碰面。一个寒冬五点出头的清晨。很多游客搭乘支线火车到来，瑟缩地端着热食，挤在观日台等待日出，你又在那儿悄然现身。

那天你依旧披着一头乱发，衣着简单，蓄满髭胡，胸前仍挂着那个醒目的告示牌。这时再见面我仍误以为，大概只有狂热的宣教士，或者摩门教徒，才会这么勤劳，一大早到来吧。

等走近你细瞧，才赫然看见，那告示牌上，贴着失踪已经近一年，鲁本的大头照。

你不断地朝观光客群走去，不断地微笑着，以简单的中文问候，“你好！”然后，展示纸板上的照片和英文，还有别人帮你写的中文：

“你有没有见过，这位新西兰金发青年，他叫鲁本。我是他的父亲，从新西兰来……”

当我看到这些内容，一时尴尬不已，再想及去年年底，鲁本的失踪，旋即浮升想帮忙又使不上力的无奈。

不知你在此多久了？是否每天都如此早起？日出之前，一名走江湖卖膏药的王禄仔仙，一如过去持着一款药品在兜售，但大概是受到你的感召吧，这回站在栏杆前，向群众大喊时，居然讲出这样的内容：

> 我手拿的是从那玉山东峰来的雪莲，非常的珍贵。但今仔日我不想卖了。今仔日，我要特别跟恁介绍，头前的这位金头毛的阿都仔老伙仔。咱毋看他这样子，好像耶稣一样，他是真心真意来咱阿里山，找伊后生。今仔日我毋做生意了，你若有能力，在深山里，找到一个金头毛的年轻人，一定是阿都

仔的囡仔。你若找得到，拜托你来找我，你不但会有奖金，我还会把我这些珍贵的药材，全部送给你。

你虽然听不懂闽南语，但看到这位江湖台客如此卖力地宣传，势必了然他的热忱。或许，无济于事，但你仍投以感激的眼神。

我遇见你时，你在阿里山，大概已滞留一个多月了，沿着古老的阿里山铁道旅行，从低海拔到高海拔的村镇，一路上有许多当地人，都热情地帮助你。相信这时，你已经非常熟悉江蕙的歌曲。你的留言如此叙述，你持续聆听着这悲伤而甜美的歌声。它满溢着温柔和感情，胜过任何你曾听过的音乐，跨越了文化和音乐的界限，也跨越了语言的障碍，给你继续的力量。

鲁本是在一九九八年十一月中旬，只身来台旅行的。据说他最早的旅行计划是要到雪山，但是后来改变行程，前往阿里山。他想以徒步旅行，横越某一条山路。

为何他会选择台湾的山岳旅行呢？原来，在新西兰时，他就经常纵走山林。台湾山势嵱嵷，森林多样丰美，相信鲁本对这样的地理环境，一定也充满向往吧。

但十二月四日，你们发现，鲁本走入森林之后音讯杳然，并未按约定返国。我们发动了数千人，搜遍了阿里山乡山区，竟也找不到他的踪影。

根据当地人陈述，鲁本最后登记下榻的旅店，在沼平车站附近。后来有人见证，隔天他曾探询前往眠月线的方向。很可能，他想循此一荒废的铁道下切山谷，走访偏远的丰山村，也可能是更北的溪头。

登山健行最忌讳，独自进入陌生的荒野山区，但有时一个人的流浪和放逐，更能体验私我和自然的关系。这种辩证很两难，危险的降临跟心灵的发掘往往只一线之隔。不知二十三岁以前，鲁本在新西兰是否也曾这样和森林对话，获得生命的启发。台湾的教育里，其实是很缺乏，也很排斥探险的。

从他选择一个人，走进阿里山荒凉陌生的森林，这样的勇气和精神，想必是多年的习惯和养成。欧美年轻的自助旅行者，进入台湾的高山，独来独往者还真不少。我很好奇，这样追寻自我的学习，父母和师长扮演着哪样的角色。比如你，作为一个父亲，又如何从旁给予意见或支持。

摒除自然教育这一环，从登山的经验，鲁本这趟最后的旅行，有两个关键的因素，颇值得日后年轻的山行者参考。

从新闻报道的资讯，我很惊讶，鲁本使用的竟是一本十几年前出版的英文旅游书，而非精密的登山路线图。这种通俗的指南，登山地图往往相当简略，路径亦画得模糊。

熟悉此山区的人也深知，纵使拥有本地最翔实的地图，山区的路线恐怕还有待实际的验证。若无娴熟路径的向导，很容易迷途。但鲁本不知，信赖地按图索骥，可能因而在山里迷失，发生了意外。后来，你也对一些旅游指南的误导气愤不已，直指道："这本书害了我的儿

不知鲁本当时走进哪条阿里山森林铁道？

子，这是一本坏书！”

再者，鲁本既然来到阿里山，应该多探问一些讯息的。本地有经验的登山向导，都会再三劝阻，别单独前往。

我在祝山遇见你时，正埋首撰写阿里山地区的旅游指南。对这条铁道支线还算熟悉。沿着它，在即将完成的登山地图里，我小心翼翼地画出四条向左下切的山径。过去的地图只有两条。

第一条是通往邹人来吉村的纵走，要翻过恶灵之魂集聚的小塔山。第二条经过石梦谷到丰山，名字好听，一般人却不敢独行。第三条系早年“救国团”纵走的传统路线，中途有千人集聚的大石洞，原始而崎岖难行。还有第四条叫溪阿纵走，早年更有成千上万像我这年纪的人，浪漫地走过。但贺伯台风之后，山路就崩坏了。

这四条路，如今以我的登山认知，无疑是台湾中海拔山区最为凶险的地方。除了地图画得谨慎，我丝毫不敢掉以轻心，还加注了详细的文字说明。只是，旅游指南不会呈现作者的心情。鲁本可能不知，台湾的旅游指南很少翻新，更何况是地图的信息。他从地图找到的山径，从半甲子前迄今就不曾再变更。

就不知鲁本走的是哪条路了？

在台期间，你还主动配合警方，到阿里山每一角落探寻，虽然语言不通，但还是挨家挨户，向沿路的人比手画脚，甚至亲自上电视，向我的同胞求援。

后来，我又在奋起湖老街遇见你。你的穿着打扮仍是老样子，远远地便清楚认出。其实，那时整个阿里山乡的人都认识你，也对你充满敬意。

这条老街就有卖江蕙的唱片，你是在这儿买的吗？也不知那时，你是否听懂歌词了？“啊／心块半醉半清醒／自己最明了”。或许，你根本不知道这是一首情歌呢！

按理台湾是个伤心地，你应该不会再回来的。但相隔一年，你再度出现于阿里山。原来，新西兰的台籍侨胞透过报纸，了解你的情形，感动之余，再集资五千美元，让生活贫简的你还有余裕，再度回来寻找儿子。

这回你长时以丰山为家，仿佛自己也是地震的受难者，协助九二一大地震组合屋的重建，也跟当地村民结交深厚的友谊。同时，还走访隔邻的来吉，跟邹人研议，如何跟毛利人文化交流。你还拍摄了纪录片，留下阿里山的美丽山水。一边拍，一边继续跟失踪的孩子对话，叙述这个鲁本很想抵达的地方。

我在丰山旅行时，好几位友人都提到，他们还带你深入石梦谷，探寻一副无名的尸骨。尽管你也是登山好手，在这趟山行途中，也不免摔滑了好几次。相信这样的深入，你更能了解自己的孩子，走进阿里山森林时遇到的状况。

你从未怨天尤人，责怪台湾的不是。你们的家庭教养和文化，让你选择了感恩和沉默。我想鲁本在这样的环境长大，势必也跟你一样，拥有对异国文化和山水的热爱。要不，就不会只身跑到台湾的偏远山区。而你们又积极地鼓舞孩子，向远方出发。

当你动身返乡时，接受了报纸的访问，我更明确地获得了答案。当白目的记者问你：“请问这回来台寻找儿子，有何感想？”你诚挚地说：“我很欣慰，自己孩子的最后，是在台湾的山区结束。”

这句话是我听过最动容的回答。当我们的年轻人，整天梦想着远飞欧美时，我好想问鲁本，到底是什么样的驱力，让他不远千里，来到一个比你们家园还小的岛屿，更愿意冒险深入阿里山。如今我深信，你已经帮鲁本回答了。

二〇〇二年你返回新西兰后，在音乐网站上留言，希望站长能把这封感谢函，转交给 Jody。你还想当面感谢她，感谢她的歌声，一个清楚的台湾印记，伴你度过生命里最悲恸的一段时光，给你继续寻找孩子的力量。

我不知道，后来江蕙是否收到这封信。收到信时，是否也知道，这个异国青年失踪于台湾山区的深层意义。

但我很想告诉你，你回来隔年，江蕙又出版了《风吹的愿望》。以前她的歌词和曲风都以悲苦的恋情为主，这首和专辑同名的主打歌，曲风温暖自在，还是她较少选唱的类型，或许你应该听听，同时知道歌词的内容。

我总觉得，那好像在描述你和鲁本的感情。比如："你是一只飞来飞去的风吹／亲像鸟仔快乐随风自由飞／你有时高／有时低／尚惊有一天无小心打断线／伴到你飞过一山又一山／牵到你飞过一岭又一岭／有一天你会看遍／这个花花世界／甘是你放底心内的愿望。"

那段时间，我在阿里山旅行，想到你们父子跟台湾的情缘，暗自发心，决定把这段邂逅的感触写下。如今时隔多年，或许江蕙小姐也该知道这段往事吧！

鲁本父亲与协助他查探的丰山友人合照。（简天赏 提供）

当年寻找鲁本的布告在阿里山乡四处可见。（简天赏 提供）

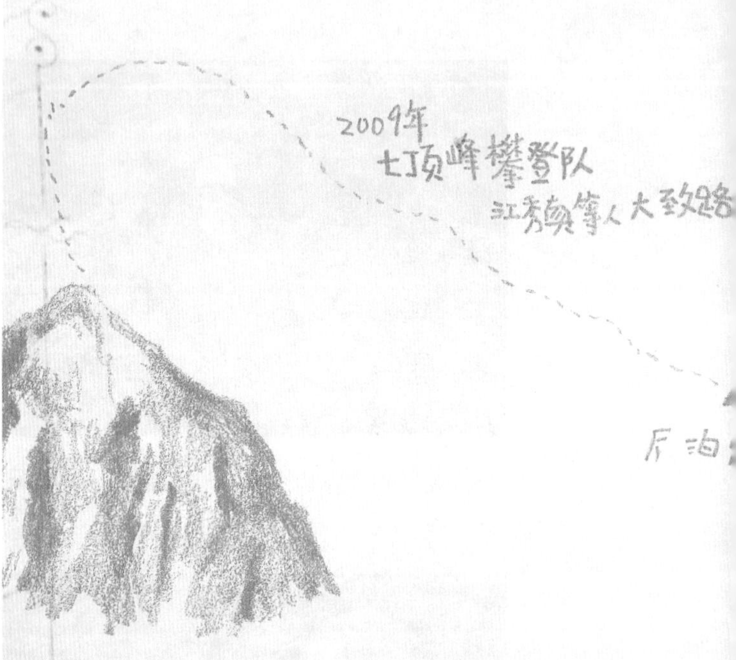
2009年
七顶峰攀登队
江秀真等人大致路
斤泊

Chapter 2

成为珠峰的一部分

“他奶奶的，鸟人，老子都快挂了，你现在才来看我！”

跟随小说家王幼华进入客厅，没多久，老大高亢的喊叫声，如连珠炮般，从二楼激奋地传下来。二十多年未见面了，他的脾气未改，仍以惯常的粗俗话语，作为见面的开场白。

我放慢脚步上楼。他因为常年喝酒，加上医师用药不当，导致行动不便。叨念完后，放尽力气了，正软瘫在座椅上。眼前这位体力羸弱的中年人，连走下一楼，跟我见面，明显都有些困难。很难想象，上个世纪末，他却是最早带领纯本土登山队伍，攀越珠穆朗玛峰的血性汉子。

一九八四年冬天，我因暂时失业，参加了一桩兰屿的探险，领队者就是老大。那次的计划，大抵循兰屿北方的一条干沟，往上攀登。再沿红头山棱线，辗转绕至天池。我们试图了解隐秘的林子里，是否真如传说，栖息了许多恙虫。那回调查结果，一只也不曾碰着。此一早年的谣言，正如过去有一传说，日本人在台湾释放过许多毒蛇般的，都是以讹传讹。

那是我们唯一一回的偕伴探险。殊不知，一回的登山兄弟，气味对了，就是一辈子的情谊。我跟老大一直保持信件和电话的往来，理想信念无所不聊，无事不谈。

只有一件事，一九九四年那回，攀登世界高峰的远征，我隐忍、困惑了十多年，希望当面向他求证。去年仲夏，遂有此登门造访之行。

满嘴酒气冲天的老大，继续有气无力地陷在座椅。脸颊和手脚极度消瘦，缺乏光泽的肌肤更因长期服药，加上喝酒，像壁癌般积累了淤滞的暗黑斑痕。唯有一对眼神炯然发亮，喜滋滋地望着我这位多年不见的老兄弟。

“你认识拾方方吗？”甫坐定，我开口第一句便如此直接。

我才问完，他马上激动地脏话再飙出："他奶奶的，我怎么会不认识他。"

回话甫落，一声慨叹，随手就持起旁边早已开封的高粱酒。斟满一杯后，囫囵一口，独自纵饮而尽。只见他继续酒言酒语，激越地嚷声："他奶奶的，他一定一开始就下定决心，无论如何都要登顶。他根本就不想活。他老头领走一千五百万保险金，全球登山界最高额。"

"你认识那一次的领队张瑞恭吗？"我不禁好奇地追问。

"废话，我行不改名，坐不改姓。"他以手指对着自己激动地说，"我从小本名就是张瑞恭，张致远却是我用了四十年的笔名，路人皆知。"

他这一说，十多年来隐忍的困惑顿时都有了解答。当时，我一直困惑着，一支地方社团的登山探险组织，苗栗头份登山队，如何敢贸然前往世界最高峰。老大跟这支地方探险队渊源深厚，为何不在队员里面。殊不知，他前往珠穆朗玛峰时，并非用在台湾登山时的笔名。因为搭飞机或进出海关，必须使用本名。

那一年，一九九四年五月，我从《民生报》读到的便是这支来自台湾的登山队伍，攀登珠穆朗玛峰的新闻。登山队员拾方方自东北棱攻顶，在登顶后，下山时无法安全下山。关于远征队的成员，新闻只简短提到，领队叫张瑞恭。

我跟老大、拾方方各有一段缘分。

九〇年代初，有一回，我在台北诚品敦南店，叙述自己在台湾古道的探险。讲演结束后，有名年轻人过来聊天。他的长相平实憨厚，身形也寻常，故而容貌如何，早已不复记忆。但他留下了一句话，令人印象深刻："刘老师，台湾的山该进行的探险形式，前面的人都走过了，还有什么可以完成的？"

那时胡荣华还骑着蓝驼环绕地球，我随即以他为例："胡荣华以前总是在山区孤独地攀登，不知前往何方。等爬了一阵，领悟通透了，才奔向世界！你或许可以他作为借镜。”

啊！不知道那句话是否有影响到他，导致他产生海外登山的梦想。但我日后最清楚的回忆，应该是他留下联络的名字：“拾方方”。

我和老大的缘分更早，可追溯至一九八四年冬天的兰屿南北纵走。那时老大才带领头份登山队的成员，以破纪录的四十二天，完成不补给的中央山脉大纵走。纵

张致远学生时代曾经担任东吴橄榄球队队长四年。（张致远 提供）

走结束后，他继续带领老班底张胜二、赖永贵，还有机灵的土狗海烙，再结合张铭隆等探险企图心甚为强烈的山友，启程前往兰屿。

有一晚，在野地露宿时，七个人聊到了台湾登山探险的过去和未来。一支小小的登山探险队伍，在这小岛已悄然萌生如何攀登世界最高峰的可能。我猜想，同样的雄心壮志，当时在台湾各地的山区，在许多攀爬多年的山友胸臆里，恐怕也都有相似的一丝火苗点燃着。

记得兰屿归返后，我去张铭隆的登山小铺造访。喜爱探险者，家里总像货柜仓，堆置各种探险和登山的器具。自己则仿佛随时要离开，荒野才是他的家。张铭隆是我认为最具人文气质的探险者，其住家亦是此等风景，俨然机场的驿站。

那次，我还特别问他："接下来还有什么探险计划？"

他若有所思，似乎对台湾的山行有些疲惫，又讲不出什么，随口喃念道："可能会去一家报纸当户外记者。

当年在兰屿森林探查时，老大（右一）和我（左一）都还是怀抱梦想的青年。

台湾珠峰远征队大合照，左前一为拾方方。
（张致远 提供，1994）

等赚些钱，再到外头走走吧！”

虽无特别严谨的目标，那前往世界最高峰的星星之火终于燎原。一九九三年，他果真成为珠穆朗玛峰远征队的队长。队员吴锦雄，在大陆远征队的协力帮忙下，成为台湾第一位的登顶者。此一成功，遂带起了一波又一波台湾人迈向世界高峰的热潮。没多久，老大也积极地招兵买马，希望自筹一支全然本土的登山队伍。

老大大张旗鼓筹组的这支远征队，透过媒体的宣传，吸引了诸多年轻登山好手的向往，纷纷前去报名。拾方方是测试后少数录取的队员。当时大家约略知道，学生时代他就读淡水专校观光科， 求学期间努力半工半读。毕业后，在一家旅行社工作，待遇颇为优渥。岂知，没多久，他便离职，独自跑到桃园一家铁工厂上班。借着艰辛的劳动，以两年的时间锻炼心志。平常所赚取的钱，后来都投入购买登山装备，同时考取多项登山方面的向导执照。偶有空闲，还会跑去聆听相关的山行讲演，包括我那场。

拾方方并未清楚告诉家人，即将前往珠峰攀登的计划。一九九四年春初，花莲凤林老家的双亲，接到他从机场委托旅行社寄回的家书，才恍然明白，他平时锻炼体力的目的，竟是为攀登世界第一高峰。那时家人也才理解，有天他为何回老家急欲借钱，原来是为了补足前往珠峰的款项，但为其父亲拒绝。

五月八日，尽管攻顶前夕天气犹晴朗，八千米的高地可是地球上最不适合人类存活的环境。从基地营出发后，接连数日，二十七岁的拾方方，跟队友一路艰难地缓步。除了得克服接踵而至的头痛、失眠、恶心、食不下咽等生理状况，还得面对更严峻的，外在的酷寒、低温、强风和空气稀薄等险绝环境的考验。最后，攻顶的队友或体力不继，或生理状况无法负荷，在不同的高度纷纷放弃，唯有他奇迹似的独登山头，成为台湾第二位登上珠峰的山友。

为何只有他一人，并无当地人在旁帮助呢？整个事情的关键即在此，原来，这段艰险的攻顶过程中，老大在指挥营几度以无线电通话，告知天气即将转坏，建议他放弃，快点下山。唯拾方方并不接受指令，坚持继续上爬。

他不接受下撤命令，队友只能透过无线电默默祝福他。不久，队友接到他通报登顶的消息。当时还引发一阵振奋。远征队联络官杨世涛保存着一张纸条，上面清楚写着："五月八日时十七点十八分，拾方方登顶，正在下撤，预计十五日撤营。"

但杨世涛预期的十五日内容并未实现。拾方方在下山时，果然撞见了队友担心的暴风雪。老大清楚记得，拾方方最后通联时，已在第二台阶，还未找到下山的路标。他们在营地忧心地等待，只见一阵浓云大雪飘过珠峰，遮住了山头。老大从望远镜远眺，眼睁睁地看着拾方方，消失在这团浓厚的风雪里，消失在英国著名探险家马洛礼和其队友厄文当年消失的位置。

以前攀登珠峰的队伍，若从东北棱攻顶，到达最后的营地，首要任务都会检视第二台阶的梯子是否稳定，或者需要加固绳索。第二台阶也被戏称为"天国之门”，离顶峰已近，海拔落差不及三百米。为了登上世界顶峰，全世界最勇于登山的人类，都得抓准可以上山的晴朗时刻，通过此地。一般人却难以想象，五月时，正值珠峰登顶的热潮，有时这儿会堆挤着来自世界各地的山友。时间一分一秒宝贵地流失，他们却得无奈地排队，只为了通过这道前往顶峰必经的狭小金属阶梯。我们或可想象，那种可悲而荒谬，又教人害怕的画面。

怎知下山时，更加恐怖。第二台阶是一处完全垂直的船头状页岩。从上面难以望见下方，寻找梯子更加困难。通向第二台阶的路线稍一偏差，就会有着难以想象的可怕后果。拾方方可能在此未找到台阶，无法循来时路下山，不幸地成为台湾首位攀登珠峰的遇难者。

我们永远无法知道，罹难前刻，拾方方到底在想什么？会不会恐惧？

拾方方的殉难却带出成王败寇的责难，苗栗头份登山队的珠峰计划，日后常被岳界人士检讨，甚而被视为一次失败的远征，招来义和团之讥。

后来我常想，假若拾方方成功归来，又会是何种结果？老大是否会成为登山界推崇的人物，不必壮年时便借酒浇愁？当年政府各级单位未补助，企业厂商赞助有限，队长和领队必须分头募款、贷款，举债出行。这种土法炼钢式的登山，会不会也是一种台湾奇迹，被夸耀为某一“国际级”的境界？

如今事过境迁，或许连山友都淡忘了这件事，淡忘了拾方方。但一个年代过后，登顶前他在日记里留下的一段话，继续在少数山友的部落格里流传。有一回，我意外读到，不禁大为吃惊。面对世界首峰的孤绝心境，一个人纵使没有文采，每一段发自内心的话，还是教人震慑而动容。我一边读着，一边感叹低回，再度忆起，这位年轻山友当时大眼盯我，渴望着得知未来目标的坚毅表情：

> 对我自己，我是想在有生命之年，成就自己的心愿。登山是我不能放弃的，我也深深了解自然力量的伟大，深具完美、创造与毁灭性。我更不能去掌握我是否能在这次的远征活动中活着回来。因为

我追求的与别人不同，那就不可用相同的角度与看法衡量，谭嗣同说，做大事的人不是大成就是大败。就算大败，我也不后悔。

——摘自拾方方，一九九四年二月二十五日的日记

看到奇山险岭伫立着，爱山的人都会兴起前往那儿，进行某一形式对话的欲望。我可以充分体会拾方方面对珠峰时，执著的是什么理想，希望追求的又是什么情境。还有那面对野外，如何超越自己、克服懦弱，一股不畏死亡的挑战精神。

以前跟老大爬山，我也感受到这种对山的痴迷，心境的狂野和不羁。像他们这样的岳人，一生在城市可能都抑郁不得志，可能都是厌恶主流社会的漂泊者。唯有回到山林，寄托山林的雄伟，他们才能壮大那不为人知晓的一面。

拾方方罹难之前，珠峰已遗留下一百五十五具登山者的尸体。同年，也有五位老外登顶时命丧于此。

2009年
七顶峰攀登队
江秀真等人大致路线
马洛礼、拾方
都在第二台阶
消失
尼泊尔珠峰基地
1994年
拾方登顶
大致路线
江秀真第一回
登顶亦循此路
N

珠峰登顶简意图

当年一起登山的队员在珠穆朗玛峰基地营附近为拾方方筑了衣冠冢。
（张致远 提供，1994）

拾方方没有下山，队员哀痛之余，在基地营附近以石块筑了衣冠冢。如今拾方方还有一尊纪念铜像，默默地伫立在花莲老家附近的一处农场，甚少人闻问。

继上个年代中旬珠峰的登山风潮，二〇〇九年五月的台湾珠峰远征亦有两队，无疑是台湾登山史的第二波。台湾山友带着更成熟的心智前往，草莽时代的第一波早已不再。

一九九五年台湾首位攀登珠峰的女性江秀真，在这回的第二次远征前，跟我有几封短信往来。绰号江仔的她，曾在基地营邂逅拾方方的衣冠冢，特别向其致意，后来寄照片给我。画面是很简单的一块石碑，碑石上有他的名字。此冢即当年一起前往的队友们帮他立的。

这回江仔临行前，我还请托她，重返珠峰时，帮我再祭悼拾方方，追念这位只有一面之缘的殉山者。其实，那阵子我和江仔短短通信里，主要也都绕着拾方方与她，以及上个年代台湾珠峰远征的往事。

江仔在通信里亦告知，她原本是要参加拾方方的这支队伍，但时间上过于仓促，缴了费用，却没有参加特别训练，再加上工作单位辞职不了，难以成行。来年才有机会，参加了“中华山协”的珠峰远征队集训，进而成为第一位登顶的台湾女性。

她如何看待前一年拾方方的登顶呢？我特别冒昧地向其请教自己多年的疑惑。江仔客气地以个人经验告知，撇开天气环境因素，拾方方是从事远征探险尚未成熟下的一位牺牲者。在信里，她如此谦虚地描述：“二十四岁登上圣母峰的自己，其实是百分之九十九点九拥有了好运气。拾方方的消失一直是我们的借镜。”

虽然谈的是珠峰，其实江秀真充满了对台湾登山的深刻反思。过去台湾的登山文化，经常处于争先恐后的状态，譬如早年多人以收集百岳为荣。吴锦雄珠峰登顶成功后，台湾更掀起一股登珠峰的热潮。

我们把在台湾的登山陋习，继续延伸到珠峰去。殊不知，当时台湾与外界的登山接触，或是信息的获得都相当贫乏。再者，外界远征与台湾登山的模式和准备，其实也大不相同，但我们习焉不察，继续用自己的登山方法，外出远征。

海拔八千米的空间，其危险性之高，或许像人间的魔戒，很难去取舍或抉择。拾方方的抗命登顶，俨然是选择了套戴。但江仔显然磨炼出更成熟的心智，而不只是幸运。

从二十四岁到三十八岁，江仔有许多的感触与心得。大抵是经过这几年艰困的山行才逐渐明了。多年来在海外登山探险，或单独面对生死存亡的过程，让她在未来的山行日子里，变得更有勇气和智慧。

世界上很多国家的文化和习性，喜爱把登顶珠峰与国运、政治强盛扯在一起。从江仔的信和拾方方的留言，我相信他们都会认同，登山其实没有什么伟大的意义，不过是一项挑战自我、寻找自我满足的运动罢了。

珠峰登顶迄今仍然是一项高难度的运动，但它真的已经不像以前那样重要了。或许，它愈来愈有医疗研究或环保科学的诸多意义。但登顶不应该再背负国家族群的荣光。它只属于个人，登不登顶，都是个人的小事。成功或失败，都是一己生命的精彩，没有其他。拾方方的功败垂成，老大为此自责，郁卒了十多年，日夜借酒浇熄心中的垒块。对一个以山为家的汉子，还有什么比此更加遗憾的？

那天造访老大回来，日后寻思，我难免慨叹，当年登顶殉山的不止一位。以前登珠峰，基地营流行一句话，一人登顶代表整个团队也跟着成功了，借此劝勉登山团队队员间的合作无间，不分彼此。

但若一人失败了呢？拾方方的未归，我隐然感觉，老大那时也没回来。一九八四年我所认识的老大，跟拾方方一样，灵魂仍旧残留在那里。但拾方方的登顶未归，抑或老大的扼腕，今日再回顾，对我而言，愈来愈是一种成功了。就像当年马洛礼与厄文冒险登上第二台阶，最后不知去向。到底他们有无登上珠峰，是否下山时在第二台阶迷路，都留下一团迷雾。这样悲剧死亡所衍生的生命意义，我或许更加珍视。

拾方方用他的死，让台湾后来前往珠峰的山友萌生宝贵的教训。从其日记的最后遗言，我们清楚知晓，拾方方不是不信邪，而是决心以自己的肉体，印证登山屡见的死亡模式。

登顶后，眼看成功了，才愕然出事，这样的“大败”，更让后人拥有多面向的思考空间。将来会有不少台湾人攀上珠峰，但拾方方这样一意孤行的成功，这样决然而必然的失败，恐怕不会再发生了。

那次的远征并没有输赢。这支地方探险队以一个人的殉山，证明了这座山更具人性的一面，更遥遥映照着，台湾某一段登山历史的浪漫传奇。

我如此缅怀拾方方，想必老大也常回顾这段无奈的往事吧。但十几年过去，上个世纪的珠峰之行，应该可以画下句点。他也该从珠峰回来，该戒酒了。

海拔八千米的空间，宛如人间的魔戒，拾方方选择了套戴。
（江秀真 提供，1995）

附 记

★ 根据拾方方淡水工商时期登山伙伴黄义雄告知，他在学校时用的名字为石方芳（1967.2.5 ～ 1994.5.15）。

★ 马洛礼（George H. L. Mallory，1886 ～ 1924），英国著名登山探险家。一九二一和一九二二两年，曾参加英国圣母峰远征队，但都失败而返。一九二四年他再次参加。六月八日攻顶日，他和队友厄文爬到海拔约八千六百米的第二台阶时，还被观望到，但之后二人就踪影成谜。直到七十五年后，一九九九年五月，其遗体才在珠峰斜坡上寻获。他们极可能是史上最先抵达第一高峰峰顶的人。登山史上最有名的一句名言，“因为山在那里”，就是马洛礼第三次攀爬珠峰前，记者问他“为何要去爬山”时，他率性的回答。

我的同学石方芳

黄义雄　二〇〇九年六月五日

刘老师：

您好！在欧都纳七顶峰登山队攀登珠穆朗玛登顶前夕，您发表了《成为珠峰的一部分》缅怀拾方方一文，读来感触良多，同时也把我拉回十几年前圣棱线纵走大霸登顶前，大雪封山的那一夜！

方芳，是我淡水专科的同班同学，也是我登山最好的搭档，专二雪山一行，我们便明白这一辈子，我们再也离不开山。自此每逢假日或逢年过节，山成为我们唯一驻足的地方！方芳，爬山速度很快，方向感很好，而我对天气的变化很敏感，路线行程的掌控很细心。因此，只要是高难度或愈少人走的路线就是我们的目标。

大霸登顶前一天，那是隆冬艳阳高照的好日子，塔克金溪溪水就在我们脚下流淌，我们知道大霸就在不远处，或许是太大意的缘故，致使错过了往大霸的叉口，更要命的是，我们下切到溪底！当发现走错路时已近傍晚，我们回头努力寻找正确路线，却发现天气剧烈转变，下起了雪，鹅毛大雪，幸好装备准备得齐全，我们幸运度过一晚，第二天大雪依旧，我们切回大霸的路线，在茫茫大雪中，我们看见大霸那笔直的铁梯，还有望不到尽头的霸顶。登顶？回得来吗？方芳说，不要忘记我们来的目的，我们一定可以做到。于是，我们上去了，成功地站在霸顶，我们约定有天我们也要站在珠穆朗玛的峰顶，不管要付出多大的代价！

方芳做到了！当一位真正爱山的勇者，面对大山的神圣与大自然的伟大，早已没有生死、成功、失败、毁誉的分别，当下唯一能做的，就是成为珠峰的一部分！谢谢老师为一位真正的勇者写这一篇文章，我相信成败不足以论英雄，没有人有资格为这一段，为一位勇者下定论，除非我们真正面临生死，面临大自然严格的考验，真正站在大霸尖下，站在珠穆朗玛峰下……

Chapter 3

托泰布典的愿望

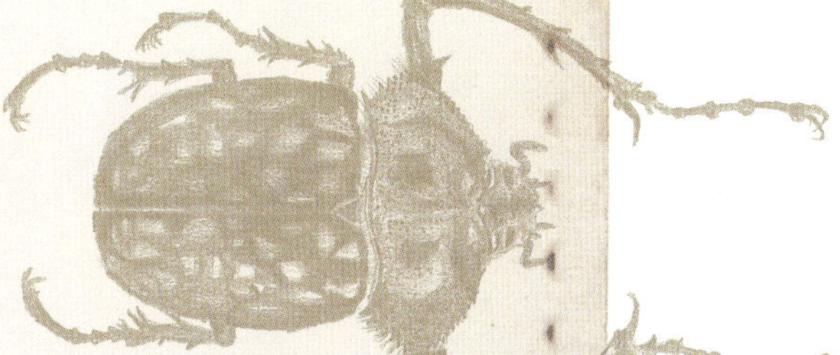

请原谅我，在你辞世多年之后，才写下这封永远寄不出去的信。

前几天，我又骑单车经过平和车站。这座紧邻阿美人光荣小区的小车站，位于鲤鱼山南麓，已经很少人知道，也无人管理了。每天早晚，只有两三班平快车停靠，方便一些通勤的学生搭乘。

听说年轻时，你常舍寿丰，在此就近搭火车前往花莲，迎接远方的友人。这座小车站开始营运的年代，和你邂逅鹿野忠雄的时间接近，都在三〇年代初，不知你们是否曾从这儿出发过，前往预计探险的山区？

那天我也再度经过你家门口。这回不再贸然敲门了，只从铁栏栅门安静地远眺。不知你的女儿陈秀娘是否仍住在里面？去年冬初前来拜访，她捧出你生前最满意的装扮照片。我终于来见你了，阿美人长老陈抵带，三〇年代的托泰布典。向你这方尊贵的遗容参拜后，我已经了无遗憾，不好意思再进去叨扰。

虽说心愿已了，我的胸臆间，仍有一丝说不出的牵挂，那是二十年前通信往返时，尚未问明的心志。在东华大学旅居这段时日，经常不由自主地抽空前来，徜徉在这块你熟悉的环境。我愈来愈清楚，只有走进你晚年生活的田园，才能更加深刻地感觉你的存在，你的族群意识，进而去忖度你遇见鹿野忠雄时，那是何等的青春荣光。

在你的住家周遭，我时而停驻下来，观看旱田里经济价值日渐增高的诺丽果，或者检视菜畦里，恣意攀爬的翼豆和山苦瓜等野菜。又或是，眺望一棵棵黑硬坚挺的面包树，还有孤瘦的槟榔，继续在此广泛地栽种着。

这些风景总是恬静的，如百年前乡野的荒疏。在安静的暮光里，我这般感伤地追忆着。一些过往的书信内容，悄然如云絮从天边飘移进来，浮游过脑海。连我恣意想象的，你走过此地的青春身影，竟也在此时掠现心头。

诚如你所言，自己很幸运，还能在寿丰老家安然度过余生，但一路扶持你的鹿野忠雄，继续在婆罗洲的黑暗雨林里跋涉，不知下落。从一九三三年春末在台东邂逅，你们的台湾行脚，就是一起偕行的美好岁月，从都兰山、南湖大山以迄雪山。你很用力地自责："托泰布典就是应该继续跟他一起的，在那儿在太平洋战争末年，一起消失。"

这辈子，我从未想过你会写信给我。你大概也未曾预料，一甲子后，竟有人冒失地想以在地的视野，追探鹿野忠雄的生平，重新检定外来者在台旅居的意义。

年轻时，我翻读鹿野所遗留的自然科学报告，还有山行札记，总隐隐感觉，他提到的原住民伙伴，恐怕都已作古，或早就在战争时罹难，化为森林的尘埃了。没想到你仿佛台湾的最后一只云豹，仍残存在隐秘的原始森林，为那个蛮陌踏查的时代，做了走过的见证。

一九八八年初，忽地接到你寄给我的信时，才读不过两行，双手即微微颤抖起来。你一开头即对我这位陌生的副刊编辑致敬，感谢在《自立早报》创刊时，愿意

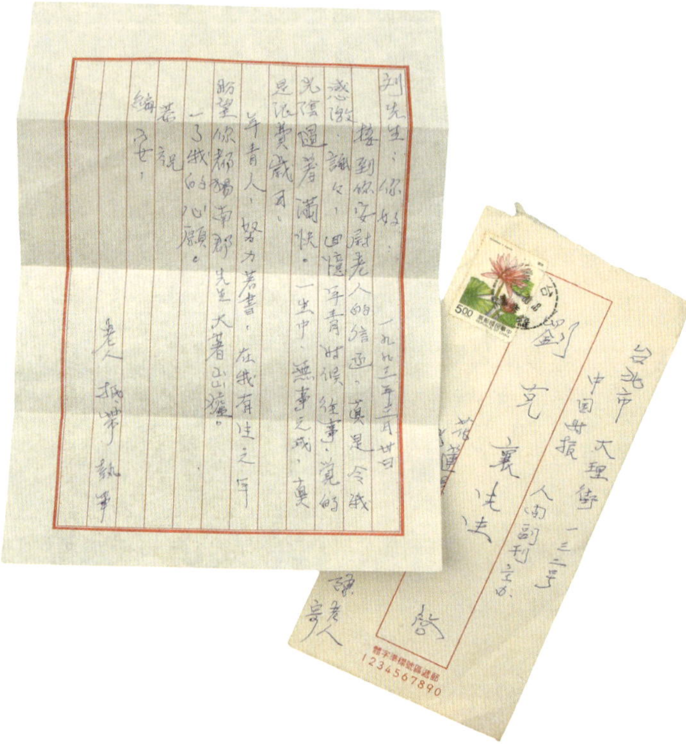

托泰布典伴随鹿野忠雄纵横台湾山林多年，也写得一手好字。

大篇幅地以新视角介绍台湾的探险人物。当然，最重要的便是介绍了这位神秘失踪多年的日本人，以及他的高山行文。你万分感谢，我再度让台湾人知道这位传奇人物的存在。

在信里，你谦虚地介绍自己，乃当年鹿野忠雄的原住民向导，欢迎有空前往寿丰的老家走访。能够和你联系已是我天大的福气，你还纡尊降贵，愿意与我这位不经世事的年轻人结交为朋友，实乃我毕生的荣幸。

托泰布典谈及鹿野忠雄总是神采焕发。
（杨南郡 提供）

从此我们成为素未谋面、年岁相差四十多的忘年之交。你以半生不熟的中文夹杂日文，断续跟我书信往返，叙述了鹿野的一些过往。好些我始终不解的，这位探险前辈的生命转折，透过你的回忆，似乎有了眉目。

一九二一年，鹿野忠雄十五岁，在东京就读一所中学，昆虫学者江崎悌山带着从台湾捕捉回去的昆虫，展示给许多爱好者观赏。那天前去拜会的鹿野，到底看到了何种昆虫，具有这么致命的吸引力，让他兴起前来台湾的决心呢？我始终有至深的好奇。透过你的回函才知，很有可能是台湾长臂金龟！

就读台北高等学校时的鹿野忠雄。

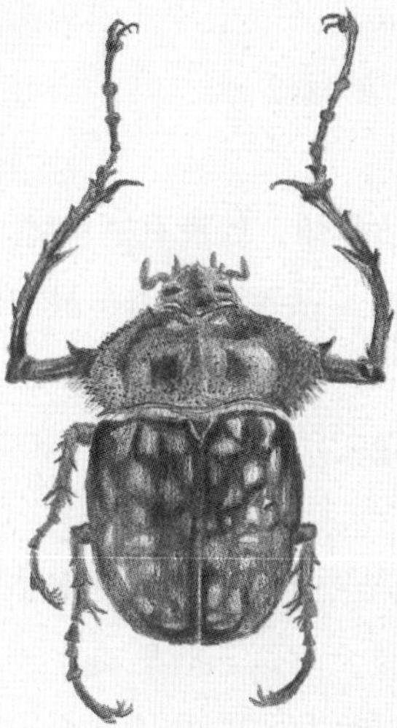

台湾长臂金龟 99.7

那是有一回山行半途，在歇息闲聊时，他依稀跟你提过的。呵！这种身形接近拳头大，雄虫前足长达六厘米的金龟子！深黑色的翅鞘布满茶褐色斑点，潜藏着神秘而暗绿的金属光泽，总是强烈地闪烁着。纵使再细致的画工，都难以彩绘原貌。

日本虽有独角仙，但没有这种特大型的金龟子栖息。那也是我年轻时带领孩子上山，最想让他们看到的保育类甲虫。我可以理解，一名十五岁的日本少年，在百年前，看到这种南方大型甲虫的吃惊和羡慕表情。

以前我带孩童前往山区，夜深了，最期待的便是邂逅一只台湾长臂金龟。那时即有一种浪漫的迷思，好像任何小孩只要看到它，一辈子就会爱上自然科学了。没想到远在百年前，鹿野忠雄即有这种激奋，当下埋藏了一颗前来台湾探查的种子。

我在跟你通信时，刚巧和古道专家杨南郡先生结缘，那几年他常走访东海岸。有一回，他向我探寻，是否认识一位懂鸟占的原住民。那时我想到，你既然是鹿野忠

鹿野氏鼹鼠 2009

雄的向导，想必也会是很棒的猎人。再者，杨南郡常年在高山旅行，对鹿野忠雄的高山地理和人文学术见闻远比我熟稔，我遂把你写给我的第一封信转交。希望他能跟你见上一面，除了谈谈鸟占之事，或许也能协助他牵线，继续追寻鹿野忠雄一些不为人知的事迹。

杨南郡得知你犹健在，自是惊诧不已。当年，他那等雀跃心情，迄今我仍记忆犹新：

> 初看陈抵带写给刘克襄信时，我又惊又疑，又兴奋又汗颜；身为鹿野忠雄的景仰者，三十年来我追随他调查的脚步，在高山冰蚀地形旁印证他的发现，在文献中搜集有关他的言行与研究成果，却从来没有想过要寻找当年与他共同登山的原住民。是的，トタイ，就是这个名字！

未几，他远赴花莲和你秉烛长谈后，写了篇感人肺腑的长文《与子偕行》，记述你和鹿野忠雄如何结识，又如何相伴山行。鹿野忠雄当年野外探查不为人知的文史里，晚近重现的，相信这是最重要的一篇回顾了。

九〇年代初，哺乳类学者林良恭寄赠我一个包裹，翻开后赫见是日文版的《鹿野忠雄》传记。原来在我们重新发掘鹿野忠雄的事迹时，日本方面也已注意到这位博物学者一生行径的意义。我兴奋地写了封信告知你此一最新的状况。同时影印了一本绝版的《山と云と蕃人と》(1941) 寄赠给你，并告知有一宜兰耆老正着手翻译，不久这本书将有中文版本问世。

这本书是鹿野忠雄纵走台湾山林的代表著作，太平洋战争爆发后一个月才发行，被誉为早年日本山岳文学的三大名著。另两本年代亦相近，分别是灵长类学者今西锦司的《山岳省察》，以及登山家浦松佐美太郎的《一个人在山头》，而你一直未有机缘拜读。

那是通信五年来的最后第二封吧，我想这本书日后若能再发行，对你或对鹿野忠雄都意义非凡。但阅读完后，你似乎有些事迹想要补充，很期待将来中文版印行时，也把你所知的鹿野忠雄的冒险观点，或者喜爱那名八仙山下南势蕃社的泰雅少女，一并透过此一版本，更加翔实地叙述，好让我们清楚这位日本青年，一再痴迷于台湾山岳的深层因由。只可惜，这桩最后的谜底随着你的大去，恐怕也石沉大海了。

其实，我还有一个谜团，一直想问你，也来不及提出。一九三三年秋天，你和鹿野在雪山山脉展开一个多月的地理调查，并采集动物。其间连续八日夜宿雪山圈谷，一度你们的粮食吃光了，差点冻死，还记得吗？那时你们一边捕捉高山鼠类，剥皮制作标本，一边只得煮食鼠肉充饥。

我很好奇，那一年你们是否有捕捉到一种乍看仿佛没有眼睛、外形与鼠类相似的小动物。鹿野曾撰文描述，后来却不曾有人得知其真相，也从未有人再亲眼目睹，更无任何插图或影像可供佐证。

它们叫鼹鼠，善于在地底钻探。黝黑如山下的鼹鼠，但体长略小，平常栖息在森林地底的松软土层堆，不深，约莫一个手掌下方。主要以土壤中的蚯蚓、蠕虫作为食物。老友林良恭花了一整个年代的时间，才在鹿林山等地重新发现。这位充满自然志情怀的学者，特别将这种台湾特有的高山鼷鼠，取名为“鹿野氏鼷鼠”，向鹿野表达最高的尊崇。台湾高山鼷鼠的发现，当然也再次证明台湾生物的多样性与特殊的地理空间。

我的疑惑也不只于此，其实还有好几桩，比如鹿野写过高砂犬的文章，我也很想知道，你们在泰雅部落游荡时，看到这些尖尾瘦腰的土狗，到底如何凶悍追击猎物。又好比，鹿野使用的传统莱卡相机，在高山拍摄了哪些生物？还有他真能口叼弦丝，弹奏箩勃琴吗……这些都来不及探询了。

太平洋战争结束时，好几位日本学者都返台来探望你。你困惑而不解地探询：“你们都回来看我们了，为什么鹿野先生还没回来？”

你的反问理直气壮，害那些日本学者不知如何以对。你的民族自觉似也随时代的变迁，愈发迫切地想寻找真正的自己，以及一个人存在的意义。九〇年代初，你即以一位阿美长老之尊，回到兰阳平原，寻求噶玛兰人身份的认同。请问鹿野当年的原住民调查，是否也影响了你，对自己身世的追溯与了解？

返乡前夕，你突地再写了封信给我。你说前些时又梦见鹿野先生正在回家的路上。你们应该很快就会见面。

那年收到信，一时不知道要如何回复，竟始终搁置在案上。我对你的认知和心境是完全理解的，但总忖度着要用什么样的陈述，才能让你宽心，让那个年代的探险，闪耀着不灭的光芒。

怎知这一耽搁，花莲友人传来了你不幸辞世的噩耗。我们原本约定要敬膝长谈的时日，终未等到。悲矣，你的离去，竟也意味着，我们和鹿野忠雄尚能牵连住的最后一根线丝也断掉了。

“对不起，我来晚了。”那天，陈秀娘端捧你着传统礼服的头目盛装照在庭院出现时，我强忍着泪水拍摄下你的形容。

你一直希望，有朝一日我能来探访，跟鹿野忠雄先生一样回到这里，跟你一起坐在庭院，或者田园小径，远看着中央山脉，闲聊那些和这些高山的过往，也想听听我的高山见识，还有对你们的评价。

这回我真的来了，而且三五天便骑单车到来。重新走在你晚年经常散步的乡野小径。我虽是一个人坐在田埂，总隐隐感觉，你仍继续活着，在太阳麻花盛开虎爪豆结豆荚的土地。我也相信鹿野还活着，仍在回家的路上。

在未来的某一时日里，我们将有机会并排坐在这里，望着茬溪山，茬溪山后的木瓜山，木瓜山后的大桧山，还有之后的之后的，无数座三千米大山的中央山脉。我们的山……

附 记

★ 关于鹿野忠雄《山と云と蕃人と》一书之翻译，宜兰耆老的译者因故迟未付梓，二〇〇〇年二月终有中文版问世，由古道专家杨南郡所译注。日文原著则于二〇〇二年二月在日本重新发行。

2002 年日文新版书封。

Chapter 4

首登玉山的日本女生

春天时，从鹿林山庄前往玉山。才一启程便惊见，一株森氏杜鹃璀璨地盛开了。

走在这条历史悠久的山道，又遇见如此著名的杜鹃绽放，我不自觉地放慢脚步，再度遥想起令尊，早年在台湾高山的冒险。

一九〇〇年春天，身形瘦小，且略微跛脚的他，还有那位留着小胡子的年轻民族学者，到底在特富野是如何商量、结伴，然后窃取部落的头盖骨，翻过阿里山脉后，竟临时改变计划，转而去攀爬玉山，最后横越了中央山脉？

这次大胆却遭后人诟病的冒险行径，无疑是早年攀爬玉山，最叫人惊骇的一桩。至于，有人感性地以为，那才是最早的玉山首登，我也只有无奈地苦笑了。

后来，令尊至少还来过玉山多回，但他到底是在何趟采集里，方才注意到这种杜鹃的存在呢？其实这等芝麻小事，若放在令尊显赫的探查纪录里，根本微不足道。

现今无人重视，我亦可以理解。

但想到令尊初次的采集，那种可能发现新种的喜悦，我就有一种莫名的共鸣。再者，尽管学术上，森氏杜鹃已经不再独立，归并入玉山杜鹃了。基于野外探查的心境，我的好奇还是会一直存在。就不知那年你来攀登时，看到这种高山杜鹃，心情会做何感触了？

我一边抚触这种叶缘平整，同时拥有较大叶型的杜鹃，想象着一九二二年，你继美国领事阿诺（J. H. Arnold，1907）的夫人之后，成为第二位登上玉山的女性。

那回的攀登，不知你是否穿着及膝的裙子和草鞋，且戴着斗笠，手持硬质的木棍，一如后来诸多女高中生展开玉山攻顶的打扮。

那时攀登玉山的途径之一，是先搭乘阿里山火车，抵达沼平车站，再转搭手推车，抵达登山口附近。从这儿开始步行山径，上抵前峰，连接西峰的险峻棱线，最后才登上玉山主峰。

但你走的是这一条吗？又或者，是另外一条？

那时从南投水里通往花莲玉里的八通关越岭道已开辟完工，后来许多高中生都是从西部的东埔循此路攀登玉山。早年越岭道未通时，阿诺夫妇也是从东埔出发，只是必须先溯行一段陈有兰溪。

我另一个好奇是，你究竟在何种机缘下有了这趟山行呢？在现今有限的史料里，仅知一九二二年你十三岁，应该还在接受初等教育。那时，女校攀登近郊低山的风气正开，但尚无登上三千米大山的行程。偏偏，那一年的历史文献里，令尊的山野纪录也付之阙如。

即便如此，我仍大胆揣想，应是令尊携你上山吧！我虽然无从知道，平素独来独往的令尊，为何突地心血来潮，带你去攀爬，但一名十三岁的少女，若自己毫无兴致，想必也不会贸然攀登玉山。

八通关草原，越岭道和玉山古道在此交会，森富美可能攀登玉山的路线。（朱惠菁 摄影）

从现今的山路状况来看，十三岁攀爬玉山，并不困难。稍事训练，当可成行。我曾经带过跟你同年纪的女生爬过玉山，她们背负约莫六七公斤，仍展现了坚毅的意志力，轻易地上抵了排云山庄。

过去的山行条件就严苛许多了，虽然当时越岭道已开通，文献里描述山径宽缓好走，但仍存在着各种难以想象的意外，譬如当地原住民的威胁，尤其八通关通往玉山主峰，那段路径尚未整修，状况更多。阿诺夫人也曾提及，最后的攀登，还得敦请布依人，设法从冷杉林里辟出一条路径，方才接近攻顶的碎石坡。更何况，早年装备不比现今，面对高山骤降的气温或湿漉漉的雨天，相信都困难许多。

但无论哪一条路线，除了森氏杜鹃，你应该会邂逅更多令尊采集的高山植物。

诸如森氏山柳菊、森氏苔、森氏毛茛、森氏当归、森氏猪殃殃、森氏铁线莲，等等。其他拉丁文有冠上森氏姓名的，还有赤柯、尾叶悬钩子、台湾蝇子草、玉山耳蕨……如此林林总总的罗列，敏感的人不难研判，能够被如此丰富命名的采集者，想必是那个时代勇于犯难的人。

而我心里笃定以为，这样强悍大胆，且心思缜密的令尊，势必会鼓励你，在山行时这样喊道："富美，加油，翻过这山，前面就是新高山了。"或者，在心里默念着，"日后成为第一位研究台湾高山的女性吧！"

两年后，一九二四年七月，十四名彰化高女学生在校长的率领下，从集集经内茅埔、观高，成功登上玉山主峰。数日后，台南高女也进行了玉山的攀爬，蔚成一股女学生登高山的风气。

只是，大家都忘了更早时，你曾经踏上这座高山。我想象着，甚少和家人相处的令尊，引领你的兴奋和诚惶诚恐。据说那时你就喜爱植物和山林了。令尊只有你这个孩子，他或许也有这等想望，期待你继承衣钵吧！

我何以如此敢大胆揣测，因为喜爱自然越野的我，对孩子难免也有这般不切实际的梦想。于是孩子才八九岁，就带他们登上好几座高山了。嗯，那时候，总希望，日后有一位能够肩着背包，跟我一样，站在大山的肩膀，一起远眺着。

又过两年，你十七岁，就读台北第一高等女校了。那年七月，经过严选，被拔擢为登玉山的第一高女学生，还有第二高女，在台湾日日新报社的支持下，循八通关越岭道，成功登上玉山。女学生下山返回后，报社在台北新公园，举办记录登山实况的电影放映活动。根据报纸的转述，欣赏放映的市民竟多达三万人，在当时造成轰动。

原先我浪漫地揣想，你应当也参加了这回攀登，再次走在这条山道时，或许和其他女学生一起，为了勉励自己，一路唱着校歌：

日夜仰望剑潭的恩赐神社
月影清清的淡水和旭日照耀的大屯
端正仪态 磨炼身心

聚集在此的九百位姊妹

然而，逐一搜寻那年的报纸后，赫然发现六月下旬公布的入选队员名单之中，竟然没有你的名字。是没有通过体格检验？还是，你一开始就没有报名参加？

那阵子，令尊的精神状况不是很好，报社撤销了著书的资金，使得他悬念多年的“蕃人乐园”无法实现。他还一度留下遗书，后来暂时打消了念头。是不是这些纷扰让你放弃了难得的山行？

紧接着，七月的报纸不时刊出第一、第二高女攀登玉山的相关新闻，整个社会充满雀跃的期待，但令尊失踪的消息也夹杂在其间，你的心情势必特别复杂。

最后遗憾的事也终于发生。就在台北第一、第二高女学生登顶前几天，令尊在返回日本的船上，投海自尽。七月底的《台湾日日新报》夕刊，同一版面上并列着两则反差很大的新闻。纵使我今日看到，心情都五味杂陈。

一则是第二高女学生下山后举办的新高登山报告会，但另一则却是令尊辞世的消息。他的意外死亡，引发诸多揣测。你们家人遭受的打击更超乎常人的想象，生活举止和生命价值遽然改变。整个家族仿佛从台湾消失了般，不愿再提到他的名字。

令尊的自杀为何让你们羞愧，顿然隐世，后来成为一个无法解开的谜。到底是，他把一生精华岁月，都投注于台湾原住民研究，还动用家中的资产，进行出版工作，结果换得如此结局，才得不到你们家人的谅解？还是一些绘声绘影，传说着令尊跟原住民女性，恐牵扯出暧昧之关系，而让你们觉得不名誉，因而绝口不再提及？

晚近，杨南郡先生前往日本，进行令尊生前事迹的调查时赫然发现，日后同样从事人类学研究的森雅文，竟不清楚自己曾祖父在台湾精彩的调查事迹。由此可见，当时你们受到的痛苦势必相当剧烈，才会绝口不再提及吧！

令尊自杀那年春天，他还爬到玉山顶。根据植物学

アルプスの乙女ケ岳登り
雪に辷り危ふく谿へ
手に持つた地圖が身替り

蕃通の第一人者
森丙牛氏の死
笠戸丸から大海原の眞唯中へ躍入る

高雄市内に始めて現はれた
本島人の火葬
本年六月迄に五人

米國フロリダ州沿岸
大暴風雨
ヨツトや大船の沈沒四十餘隻に上る

旅券が無いとて有名な親日家の
上陸を拒絶
全亞細亞大會へ臨む代表なので同會で奔走中

馬賊團から久原鑛業へ脅迫狀
現金二萬圓とピストルを提供せよと

本國へ歸つても
酒が飲めぬと
米船から海中へ飛入り
水上署へ泳ぎついで救助を求めた米水夫

面當に自殺

女子夜學會開設廣告

森丑之助辞世、第二高女举办新高登山报告会，两则新闻在同天晚报同版刊登。
（取材自“台湾日日新报数字数据库”/汉珍数字图书公司，1926.7.31）

1914 年森丑之助与佐久间总督等人在总督官邸前合照，左前方戴呢帽的就是他。（杨南郡 提供）

者陈玉峰的记录，令尊诚挚地感叹，自己首登以来，玉山植物的凋残，特别呼吁保护台湾的高山植物和山系。那回，他还在山顶刻了一个木牌，记载自己绝食两天，成为玉山登顶第一人的事迹。木板另一面，写上一首小诗，描述自己从家乡带来一块石头，置于山顶，再从玉山取一块，交换带回。

这是日本人登山文化的习俗。有鉴于此一事，好几回，我带队上到玉山顶，跟团员讲述令尊的传奇时，还开玩笑地说，谁若能找到这颗日本石子，应当给予重赏。

我想令尊应当有跟你提过交换石子的心境吧？令尊投海自尽后，你一生不只未再提起他的过往，连自己爬玉山的事迹显然也不愿多谈。更决绝地说，好像你不曾在台湾生活过。

九〇年代中，我前往东京，一连六天下榻国会图书馆附近的小旅舍。一大早，便站在图书馆门前等候，跟贵国国民一起排队，希望及早进去，借阅可能发现你任何踪影的文献史料。

我期待在你身上，邂逅一些台湾高山游记的惊奇，那些我无法在男性探险家身上目睹的种种见闻。纵使只是一点少女的喟叹或欢欣，相信都会是那个年代美丽的惊鸿一瞥。

那种搜寻的过程里，我有种莫名的快乐，沉溺于这种历史晦暗一角的茫然摸索。仿佛在非现实的时空里，不断地尝试和另一个异性，进行诡异而幽微的山林对话。怎晓得，浩瀚的书海里，关于台湾之种种，你连个只字片语都未留下。我们也始终缘悭一面。

去年底，喜读竹中信子《日治台湾生活史——日本女人在台湾大正篇》的历史大书，才获知你的片段事迹。我曾委托好友刘黎儿再向竹中女士请益，只可惜，时空相隔如此之远，连跟你一起在台北生活过的她，显然也无从知悉你更进一步的任何状况了。

我认识的少女们，那一年因台风过境，无法攀上顶峰。准备多时，且按部就班地接受训练，最后却因天气影响，被迫在排云山庄放弃，距离主峰仅两公里多的步程。这样的无奈着实教人不甘心，日后也成为她们最不想提及的往事，但比起你的椎心之痛，终其一生都不再提到的压抑，又何足挂齿。

我亦纳闷，那是什么时代，什么样日本女性的坚决心志，让你后来的一生，不谈这段精彩往事，反而近乎死亡地活着？

啊，你，森富美一生刻意地抑郁以终，跟令尊，森丑之助果决的投海之谜都教人肃然。时隔多年，也让我这辈子美丽的山行，继续积沉着这一深层的困惑。

Chapter 5

云豹还在吗？

我为什么去找云豹？

是不是这样才能感受到自己存在的价值或者说踏实？

其实，我也还一直在问自己

或许当我在台湾的原始密林中瞥见云豹

我才知道答案吧

——姜博仁，二〇一〇年三月

生命的遭遇有时就是那么离奇，十多年前，我着实未料到，你，一个萍水相逢的少年，后来的际遇竟如此乖舛和轰烈。

如今回想，也或许，在我们第一眼交会时，便可感受到你这辈子的野外探查之路，就命定要有这等的起落。

记得那是九〇年代的初春，听说金山岬角出现了一只罕见的鹈鹕。获知此一消息，隔天，一大早，我便跷班，搭乘台汽客运，从台北赶赴北海岸。

我的运气不差，从岬角右边的丰渔村拾级而上，在半山坡，随即目睹此一嘴喙如勺子般的大鸟。它跟着一群海鸟，悠然地越过天空。相对于其他海鸟瘦小单薄的体形，它的躯体仿若航空母舰。时隔二十多年，我仍清楚记得当日，那庞大灰白的身影，在众鸟拱护中，缓缓展翼的惊人画面。

我带着愉悦的收获心情，翻过狮头山，下抵另一渔村，漫无目的走入一处沙岸。这处弦月形的开阔沙岸，到了夏初时，常集聚许多泅泳戏水的游客。但现在还未开放，沙滩杳无人烟。过去我常在此徒步旅行，最爱这等空旷孤独。

邂逅了大鸟，再下抵一绵长的沙滩。那心境仿佛大猫吃完猎物，懒洋洋地躺在熟悉的青绿草原，我心满意足地小憩着。但那天，正当我一人独占着无垠的海滨时，不远的沙滩尽处，竟出现一瘦小的人影，佝偻行来。

我远眺着，很好奇，这时为何有人在海岸出现。等你接近，我们望着彼此的打扮时，不禁莞尔一笑了。

多么相似的行头啊！头戴赏鸟的迷彩帽，胸前挂着望远镜，还带了背包。双方一瞧，不用说什么，彼此都知道，对方是赏鸟人，而且都很痴迷，才会在非假日的早上，跋涉于这一有些闷热的水岸。

只不过，你比我年轻许多，乍看还是一个高中生的模样。我不禁好奇问道："请问你从哪里来？"

"我从新竹搭车来的。"你回答完后，迫不及待地反问我，"请问你有看到鹈鹕吗？"

我愣了一下，看来你也得知了鹈鹕出现的消息，专程前来寻找。我转头，指着狮头山山顶："刚刚翻过那山时，我看到了，跟着一群小海鸟在天空飞行……"

我话还未说完，你兴冲冲地称谢，就快步行去。留我一人，至少有三四秒的时间，继续对着空气说话。

那是我和你的初次相逢。有时人生就这么简单地寒暄而过，一辈子都不会再有交集。但我们之间的缘分，竟是从这一擦肩兴起，莫名地展开。

两三年后，有一回我到清华大学讲演，仿佛是保育社团邀请的。记不得讲演的题目了，只知道说完时，有两三名年轻人围拢过来，你也是其中之一。

你们一边围聚讲台，还在热烈地讨论着观雾山区的山椒鱼，谁又找到几只，在哪里还可能找到。你们会靠拢过来，当然不是为了这种爬虫类。可能是一边跟我探问鸟事，依旧舍不得放弃这个稀有物种的讨论吧。

我好奇地问道："原来你也读清华？"

你有点害臊，抓抓头，不好意思地回答："我读隔壁的学校。"

旁边一位同学插嘴道："他是资优生吔！"

"交大？"

你点点头。

我继续问："哪一系？"

"资讯工程。"

"啊，怎么会是这类科系！"我率直地脱口而出，语气有些错愕，又带些遗憾。这样喜爱自然的人，照理应该读生物这类科系啊!

你耸耸肩:“没办法啊!”

好个“没办法!”返家时，在搭乘的客运上，一路不断地思考着，到底这个回答有何意味。是家里的压力，还是客观大环境的影响？假如我的鸟类观察和你一样早于学生时期，又会如何抉择？

又过一阵，我们在一次北方三小岛的赏鸟旅行里，再次邂逅了。在一票青壮年的团员之中，青涩的你尤显特别。不过那回我们没聊什么，往后也无联络。

只是，偶尔我会想起你，每当遇见年轻的赏鸟人、昆虫迷等，便不免好奇你是否继续自然观察？有无特别的体验？有时也夹杂着一点羡慕或臆想，假如自己早一点接触自然，像十九世纪著名的欧美探险家，出发前就广泛涉猎博物学知识，人生会是何等旅程？只是没多久，这些好奇与记忆随着生活的忙碌，也就灰飞烟灭般地飘散了。

十来年后，有天早上，如常翻开报纸。那时，我在一家报社工作。每早照例，从头版浏览，直到最后的生活影剧版。那天，翻到三版的社会新闻时，赫然看到你的名字。

三版通常都是绑架、抢劫之类的消息，你到底发生了何事，竟出现在三版刊头呢？

急忙细瞧内容。新闻报道提到，一位任教于美国弗吉尼亚理工学院的野生动物学者，在台湾的大武山区进行野外调查时，因为心肌突然梗塞，意外地罹难。他是你的指导老师。

原来，研究所毕业后，你便率性地任职野生动物研究助理，经常深入山野进行调查。但这毕竟不是稳定的工作，两年后，你重拾资讯专业。不过，很短暂地，三星期的工作经历足以让你厘清心中的志向。准备一段时日之后，你前往美国攻读野生动物系所。或许是资质优异、年轻气盛吧，在友人的鼓舞和怂恿下，你天真而率性地选择一个高难度的题材，研究台湾云豹。

你回来展开野外调查的年代，也有少数几位研究生选择大型哺乳动物，譬如台湾黑熊、台湾水鹿，作为论文题材。他们不畏艰辛，进入偏远深山，长时坚守于森林荒野，仿佛一生岁月都可付与这座岛屿。

但再怎么辛苦，大概也不会有人如此率性，竟以云豹这类缥缈的物种，当作研究题目。毕竟已有数十年，都无它确切的目击证据，更何况，就算寻获一二只，调查内容恐怕也过于单薄，难以通过博士论文的审核标准。

当时，有关台湾云豹的线索，学术圈仅累积了几笔调查纪录。比如一九八三年，东海大学张万福老师在猎人的陷阱中，曾发现一只云豹幼豹，但不知为何却没有留下影像纪录。九〇年代初，师大生物系吕光洋教授，在玉里野生动物保护区某条干涸的河床上，发现类似大型猫科动物的脚印。另位同系的王颖教授，一九九六年在楠梓仙溪林道，也宣告发现疑似云豹的脚印。在仔细研读这些报告，比对相关资料之后，你的态度其实比较保留。

倒是长久以来，从部落耆老和猎人的口述中，断续传递着云豹的风声。好些原住民猎人都坚信，台湾云豹仍栖息在原始森林里。连我这个外围的登山人，都亲身听到一位老猎人言之凿凿地描绘着：“当我和族人走入山径时，只听到一声狂野的叫声。我们往林中探去，只见一只大型像猫的动物，咬着死去的山羌，爬上树干。它似乎刚从树下纵跳下来，成功地捕杀……”但这些消息虚实难辨，多数研究者都抱持着怀疑的态度，甚而有些专家论断，台湾山野已无云豹身影。

唯有你，不放弃渺茫的机会，浪漫地检视，决定深入追探。

你选择的研究范围，以大武山区和双鬼湖地区为主。这里是鲁凯人和排湾人的家园，过去也是传闻猎捕台湾云豹次数最多的地方。好些部落的首领和猎人，仍存留有云豹皮。野生动物学者咸信，假如台湾还有云豹存活，最有可能的地点便是这座原始森林。你豪情万丈地打算在将近四个台北市的面积内，进行地毯式的调查。

我翻读过去的研究报告，大抵指出台湾云豹几无天敌，猎物包括了日行性和夜行性的动物。主要猎取对象可能以猕猴和偶蹄类为主，但松鼠、穿山甲、各种老鼠，以及雉科鸟类也会攫捕。

在亚洲其他地区，还有云豹栖息。根据当地原住民的陈述和动物园的圈养观察，它们的行动皆相当隐秘。狩猎的时候，泰半采取定点守候。静静地，伏趴在粗大的树枝上，等候猎物从下方小径走过。

我们不免想象，台湾云豹应该也有这等习性。好些动物画家在素描云豹时亦然，最喜欢以它趴在树上等待猎物的行为，作为构图的主要画面。

树上是云豹主要休息与猎食的地方，未吃完的猎物，多半会拖到树上储存起来，慢慢享用。只有很少的时间，才会在地面搜寻。其他云豹如是行径，一般咸信，台湾云豹当不脱这种对待猎物的方式。

你最大的梦想，无疑是期待着，有一天果真在森林

若还有云豹，双鬼湖区（左）和大武山区（右）是它最可能藏身的区域。（姜博仁 摄影）

想象台湾云豹栖息在树上 2009.

里撞见了。十多年后，当我再次遇见你，好奇地探问时，你的眼眸仍闪烁着纯挚的光芒。仍跟最初，我在海边跟你邂逅时那样，充满不懈的追探精神。

只见你兴奋地描述："我梦想，有一天，在浓郁的森林里，当我走进人迹从未踏进的地方，在茂密的树叶间，一棵樟木的躯干上，横趴着一只云豹，全身暗灰的云状斑，清楚的块状分布，正悠闲地闭目。长尾垂下来，微微地摆荡着……"

然而，你终究没有乐透得主般的机运。回来台湾之后，几乎每个月都背负重装，徒步跋涉山区，风餐露宿蹭险溯溪，辛苦调查了三年多，却始终没有发现任何云豹的踪迹。其间远在国外的老师甚至飞来台湾，随你进入大武山区，观察云豹的栖地。没想到，竟发生了这桩不幸的意外。

相信此事对你必有冲击，但你必须压抑悲怆，继续入山，继续未完的志业。

时隔半年，杜鹃台风来袭，我如往常勤按遥控器，关心着风灾讯息，怎知，赫然又见你的消息。

原来，一个星期前你带领一支调查队伍，进入大武山区持续调查云豹。上山前，台风还未形成，连热带低气压都没有。怎奈数日后，从收音机获悉台风即将来袭。身为领队，你考量到调查队伍的安全，当下决定撤退下山。

即将抵达检查哨，台风却已然逼进，太麻里溪水势湍急，渡河不易。若回头，恐怕也找不到安全的避难处，眼前你们只有渡溪这条路可行。唯天不从人愿，当你和一位女队员渡溪时，被汹涌的溪水冲散。你幸运地挣扎上岸，安全脱困，但伙伴却不幸遭洪流冲走，迄今仍下落不明。

这件事在当时，对你的野外调查又是一番残酷的打击。一些记者不明事理，针对台风天，仍带领学生在野外调查，颇有微词。有些媒体甚而批评，贸然渡溪的不当。因为意外发生了，面对这些扭曲的批评，你没有驳斥，黯然概括承受一切的责任，并且深深责备自己：

> 或许树灵不满我在他们身上架自动照相机吧；或许我打扰了山里原住民祖灵的清静所以要我也不清静；也可能对我挂着保育研究的旗帜最后研究成果却似乎对原住民与动物没太多帮助而要我多一点点对人的尊重。应该是山神在生气吧，带走了恩师与阿秀，经常想起他们时都会偷偷掉眼泪，对不起他们，对不起他们的家人与朋友，会宁愿当初没有做这个研究，也不要悲剧发生……

唉，不知为何，跟你只有数面之缘的我，每次念及此段你日后的回忆，我都激动地噙满泪水。其实，从事野外调查，常在山林里跋涉的人皆知，死亡之意外，随时都会发生。最安全的地方，有时反而最常遭遇不测。我们只能以自己常年的经验，谨慎地来去，减少伤害的发生。万一遇到天然不可抗拒的状况，也只能默然承受。

一如军人战死沙场，从事野外调查的人，结束生命的方式是在自然环境，意外地遭逢变故，其生命当可了

不知多少时日，重装涉险溯溪，只为遇见那华丽的云斑身影。
（姜博仁 摄影）

（邱春火 摄影）

无遗憾。美国野生动物学者的乍然病故，调查队友的不幸罹难，或者诸多野外调查者的往生，不论在这个地球的哪一角落，选择哪一种野外探险，我都如此理解着。

再谈你的调查，若说毫无所获，就是失败了，相信这也不是动物学者研究事物的最终想法。至少，你以地毯式的搜索，再度浇熄了大家对台湾可能还存在云豹的一丝希望，包括也捻灭了自己的期待。

二○○六年，你和一位我的旧识裴家骐，共同具名发表了一篇有史以来最深入翔实的台湾云豹报告。

你们整理了相关文献和访谈，发现绝大多数云豹的残留物，都是太平洋战争前就存在的。还有些毛皮和牙齿，代代相传，甚至都拥有上百年存藏的历史了。至于目击到台湾云豹的纪录，多半也是非常早期的记忆了。

其次是野外实际的调查结果。三年多来，从海拔一百多到三千米，超过五百天以上，二百多人次的山野苦行，设置了将近四百个自动照相机调查点，拍下一万三千多张动物的照片，还有，费心设计二百多个毛发气味站，几乎搜遍了大武山区和双鬼湖区，却一次也没有台湾云豹的任何踪影。

经过种种严谨的分析比较，这篇报告的最后，你们推论：台湾云豹极可能已经灭绝。追寻云豹的不可能任务，终告一段落。台湾云豹虽未寻获，但你在大武山长期观察的事迹，经过口耳相传，早成为年轻一代野外探险的传奇。

但我一直杌陧不安，很好奇你的云豹观察就这么结束了吗？我们有无可能更进一步，在这个台湾最诡谲的野外探查里，找到更大的生活意义？

比如，就让云豹消失也好，或许它的消失无踪，反而是一个更具体存在的方式，让后世人对生态环境更有反省的决心。每只云豹都意味着，其下大片森林区块的完整和成熟。它们的灭绝更让我们惊心，台湾山林的日渐脆弱。

二○○二年夏初，我前往鲁凯部落的旧好茶，遇见小猎人时，特别把你的故事讲给他听。小猎人早年在都会当工人，后来厌倦都市生活，决心回到部落。但是，回到新好茶后，依旧闷闷不乐。为何呢？原来，心里怀念的还是旧好茶孩提时代长大的家园。傍着大溪的新好茶，仿佛汉人平地家园，并无山上的风光。

于是，他再次启程，跟老婆回到山上老家。希望在母亲生孕他的地方，重新以己之力，搭盖一间心目中理想的石板屋。日后在旧好茶安定下来，过自己想要的简单生活。

小猎人听完我叙述你寻找云豹的故事后，默然不语。我试着提出两个问题：

“那位年轻人以自然科学的研究方法，寻找台湾云豹，你以为如何？”

“台湾还有云豹吗？”

小猎人并未吭声，低头想了许久后，用很原住民的方式，悠然回答：“今天晚上，我去做梦看看，明天再告诉你答案。”

他这么说，我满头雾水。但既然要回答，我也不便再讲什么。

当夜在石板床横躺，我并未安然入眠。半夜醒来二三回，只见月光下，窗口外庞然的大武山巍峨地矗立着。心里还想着，不知小猎人做梦了没？

隔天早上，我去拜会他。他正带领一群南部生态团体的成员，沿着部落的巷道间导览。他看到我了，继续忙着解说。

我也不便发问，只侧身于旁，默默地聆听他解说部落的种种往事。一路尾随，走到他猎人爸爸居住的石板屋前。鲁凯人有两个父亲：一个是生养他的，一个是教他打猎的。小猎人突然跳上院埕前，猎人爸爸习惯休息的大石头，伸手指向旁边的另一颗，对大家说：“昨天晚上，我的梦里，云豹来到这块石头趴坐。它告诉我，今天将是好天气，可以出去打猎。”

小猎人讲完后跳下来，也没看我，继续对着众人，解说旧好茶的生活趣事。我了然，这段话专门说给我听，而且已经间接告诉了我答案。小猎人说完继续往前，众人继续尾随。只留下我，走上他刚刚站立的石头，望着他手指的大石，再回头望向大武山，突然又想到你。

“我为什么去找云豹？它是一座原始阔叶森林里最上层的掠食者。透过它的存在，我们可了解整个森林的状

在小猎人的心中，云豹依然安在。

态。当森林生态失衡，它通常是最早消失的。反之，如果能够确保它们族群的存活，在同一种环境中，其他生物的生存大概也不成问题。”

十多年后，我们再次重逢，你坐在我对面，一个暂时蛰伏的林务研究单位里，如是热切地述说着。稚气的脸庞犹然焕发着对这块山林的炙热关怀。你仍如过去的执著、纯真。

言谈间，有时我还是看到了最后一只云豹，巧然划过你的眼眸间。更仿佛回到了北海岸，继续那一天初见面的场景。

附 记

★ 云豹分布于尼泊尔、不丹、印度北部、孟加拉国、中国南部及台湾地区、中南半岛、苏门答腊和婆罗洲，因过度捕猎和栖地破坏，族群数量不多。过去认为仅有一种，但晚近的研究发现应分为两种：Neofelis nebulosa 和 Neofelis diardi，其下又各分三个和两个亚种。台湾云豹（Neofelis nebulosa brachyurus）是所有云豹中最稀有、最濒临灭绝的。

Chapter 6

最后的撒哈拉

我们并不认识，只通过一次电话。也可能，聊不过五分钟吧。

但那次电话里，你急切地确定关渡沼泽区有芦苇林后，很认真地约好，要跟我去那里，冬天的时候。只不知为何，后来就再也没有等到你的电话。没多久，听说你住院了。又没多久，电视赫然传来你告别人世的新闻。隔天起，报纸都以很大版面的篇幅刊登你的离去。一连几天的新闻和文章，我却没一篇读完。

你往生后，我去了清泉部落三回。

第一次是冬初时，走到那排红砖矮房前。村子里的人指了其中一间，说是你住的。跨过屋前窄窄的水泥甬道，前面是一小畦菜圃和园艺植物，听说有些你曾栽植过。然后，一层层矮屋下去，豁然开朗的是，上坪溪的碧绿山谷，以及对面的山峦了。

我在那儿晃荡了一阵，云雾低垂的清冷天气，听到了山谷里传来不少山鸟的叫声。有好几种应该在海拔高

从清泉天主堂可以远眺三毛故居。(1999)

一点的地方比较容易记录。想必是山谷的冬天较为温暖，它们才会迁降下来。生活充满自然灵性的你，天生或许也有这种敏感吧，才会尾随着丁神父，数度到此和这山谷结缘。

第二回是暑夏的乡土教学。我带着一群孩子到来，寄宿在对面丁神父布道的天主堂。我们组了一个小队，跟当地的泰雅小朋友斗牛。在教堂旁的篮球场，三对三。几个还未升初中的原住民学童，把我们这些整天谈飞人乔丹的，修理得很惨。比赛后，我和都市来的孩子们，颓丧地坐在地面休息。头一次觉得，NBA 离我们很远。这些眼神澄澈的原住民学童，有好几位还是娃娃流着鼻涕时，说不定你也都抱过。

我指着对面的山谷，告诉孩子们一个传奇："有一个很会在世界流浪的人，以前就住在那边的小屋。"他们果然很好奇，我趁机把你的一生简单讲了。他们相信有女生会到全世界去流浪，但不相信会在这儿长住。

末几，我又有第三趟的走访。那是台风过境之后。

我去大霸尖山，路过时顺便探望。曾经拘禁张学良将军的故居，早被台风时的溪洪冲毁了。我远远地眺望你住的地方，有一家新温泉饭店正在兴建。庞大的饭店建筑，把你甚少着墨、早年旅居的小屋几乎遮住。我对清泉的疏离感，顿时强烈起来。

那是很感伤而挫败的，倒不只是因为你寄住过的地方，可能将遭到破坏，而是这个部落走向了观光。那次，我没有过溪，没去探望你住过的小屋。那次以后，我也未再回去。忘记了清泉，忘记了去大霸尖山的山路。连你，仿佛也一并遗忘了。

此后，我对你的追怀，严肃地自责，似乎只在旅行这个课题里才出现。

关于这个课题，啊，我真像面对恋人，又爱又疑。在书籍范畴的阅读里，从十九世纪探险家的心路历程，以迄当代各种旅行的诠释，我对每一个时代的旅行人物，都充满赏玩的好奇和剖析乐趣。我乐于从整体社会结构和背景，画出一个旅行的坐标框架，摆置每个人物所属的位置。

从台湾近代的旅行历史，有时，我也会试着把你放进来，但泰半时候，我苦恼着，不知将你如何定位。

台湾在你离开世间多年后，进入全面的国外旅游年代。台湾女性旅行世界的密集度，也在此时形成高峰。还在就学的女生，仍在上班的粉领族、熟女，或者不婚族、菜篮族、失婚的，甚至上了年纪的老妪，都有浪迹世界各地的故事。

当年你辛苦抵达的异国之境，叙述着各种令读者惊叹的浪漫奇遇，现在随便一个中年欧巴桑，都可能拎着LV 包包，迎风招展，大剌剌地抵达。在某一处你描绘的神秘之地，充满性灵传说的环境，她们满足地摆出一个观光者的胜利姿势。灰暗的墨镜下，露出洁白皓齿的满足微笑。

看到这些持盈保泰的快乐相片，我很难对照，往昔你最爱的吉卜赛装扮。一个人的披肩长发，一袭的漂泊，以及一种流浪背后的社会情境。

摊开九〇年代台湾人疯狂外出的旅行地图，检视女性自助旅行的多样和繁复，我几乎忘了，我们曾有过的沼泽之约。只忙着摸索，你的旅行对现代女性的启发。或者，好奇着流浪对你的意义，最后的目的是什么。

关于台湾女性的自助旅行，我一直想把你视为早期的重要指标人物，但又有些踌躇。或许，从根本上，我就困惑着，你的流浪本质，算不上什么旅行，只是一个偏僻地方的旅居。执著着异国的在地视野，却不小心地，混合着台湾人的旅行见识。

你没有受到异文化剧烈撞击的深层思考，自觉地牵动殖民主义的思维。你更不会有内化的意图，解决自己在地的身份隐忧和意识。读者熟悉的撒哈拉沙漠故事，或许是你神秘主义前世的家园。你很少想念，回到台湾的家。多数人的旅行好像不是这样，既有一种漂泊的动态，也有一个明确家园的呼唤。

你更非我所熟悉的那种探险家，对目的热切期待，对过程亦充满好奇和知识的挑战。他们谈死亡，但不是了然、知天命，而是奋力一搏，争取最后的尊荣。或者，精彩如李文斯敦，如鹿野忠雄，在旅行中途的某个状况下，认知转个弯，有了另一个生命情境的大开大拓。你仿佛还没出发，就命定了。人家是未知在前方，你是已知。已知你的前世，早就在前方等候。

你的旅行其实不管多么异域，或者多么遥远，好像都会很浪漫也很深层地呼应自我内在。呼应那不可说的，一个人的神秘心灵。那是身为一个男性的我，或者多数人，一辈子难以理解的。

从这一角度，有人或以为，其实也无需这么远方的流浪才能召唤，好像在自家斗室，就能检验生命的本质了。这或许也是我再三走访清泉部落的主因吧。

走访后，我并未厘清任何意义，也未辩证出任何结果。但我坚信清泉是个起点，从这座岛通向异域的窗口。你从这里出发，必须漂泊到任何遥远的异域，在最原始的自然环境，你的内在才会清楚，更为扩大。那一部分小小的自我，才会更明确地凸显。

还有，日后这么多自我溢出的旅居故事，那么多动人和感人的内容和际遇，也或许，不能以纯然的虚构指涉或质疑。那应该都是真实的，只是小说故事的成分较大。我能坦然接受的，是你叙述的态度，比较不是你邂逅的情形。那些也绝不是你的自传，宁可就当作传奇吧。

在旅行这个范畴里，不断地转绕分析下，说真的，找不到比你更有趣的议题了。但你绝非典型，只是一个奇特的个案。

在你的文章里，如果要我选择一篇可以百分百信服的，或许是发表在《皇冠》杂志的最后一篇文章，《夜半逾城——敦煌记》（1990.7）。这篇文章，我迟到最近，因为前往敦煌才拜读了。

这篇游记一如先前你的文章，夹杂着小说体的情节，充满戏剧化的高潮。但我惊觉到，你对死亡的预知，似乎更加坚决而笃定了。

在敦煌，在这一回最后的旅行里，你隐然也毅然地透露生命的最终。那种生命交代，让我嗅闻到了不同于探险死亡的情境。你在心绪激动的状态下，温柔而平静地交代后事。那种庄严宿命，让我毫不迟疑地接受了此文的实体。

在这丝路的起点，或尽头。我感性地以为，或许你已感受到流浪结束了，再也无从发现另一个漂泊的异国。戈壁的苍茫和天高地阔，唤回了你在撒哈拉沙漠的乡愁，你的心灵家园。

我是如此解读，因而再度想起，我们那一个或许不经意联络的沼泽之约。

今年春末，当我抵达莫高窟，站在大泉河西岸远眺。对面是鸣沙山，坚硬的砾石层崖壁上，开凿了数百个石窟，里面迄今仍保存着从北魏至元代的遗物。

你的敦煌之旅，最后便是来到这里，独自深入其中一个石窟，泪流满面地面对石佛。

我的丝路之旅，有一才情洋溢的诗人许悔之结伴。他晚近的创作多以佛入诗，刻意挑战世人的情欲。一路西行，只见其在人前总是强颜欢笑，娱乐众生。其实，心里的寡欢多愁，少有人解。

唯进入石窟后，一辈子的出入佛陀，来去的迷悟，仿佛今日始有开窍之感。出洞后，他悄然慨叹，不虚此行。我想你应该也有类似的生命大喜悦，只是方向不一样。

站在河床长年干涸的大泉河畔，很好奇，当初你走进的石窟到底是哪座？会不会我们走进的是不同石窟，因而有了不同思维？

佛性驽钝的我注意到，大泉河岸伫立着许多枯萎的芦苇，以褐黄的身影丛丛摇曳着。这时我才恍然明白，那年你为何一直问，关渡有无芦苇了。

敦煌石窟数百，哪一个是三毛走进的？

敦煌塑像的材料大都是就地取材，雕像的中心骨架，以附近生长的杨柳作为支柱。塑泥也取自石窟前河床上沉淀的沙土。而掺杂泥土间，辅助骨架支撑的材料就是芦苇。

现在，我全然懂了。关渡沼泽区也有大片芦苇林，它们紧邻着红树林，形成不同的色块。秋末时，一绿一黄，让基隆河成为台湾最秀丽的河口。半甲子前，我守望着数千只水鸟，在这块沼泽来去，喧嚣而热闹地越过、穿过，或者栖息其间。

这样单纯地观察，我总是有一种难以述说的满足感。那是自然赐予我，别人难以理解的。你的流浪，你的撒哈拉沙漠，是否也有这样的满足呢？

当你站在某一个石窟，感受到佛陀的召唤，生命的灵性显然也在这时提醒你，人世的约定就在此，应该有个了结。多么钦羡啊！这样的预知死亡。

假如有一天，我可以，我也期待着，自己有着这样的福气，在自然的氛围里，得到这般的启发。

我试着往河的上游走一小段，上了土丘，石窟外尽是荒凉的沙漠。眼前伫立几座昔时的衣冠冢，据说都是早年残留在此的僧人或骚客的遗骸。

你在最后一篇文章里提到，自己死后，希望友人也能带着你的骨灰，回到这块最后的旅地。

你往生后半年，生命密码和你最相近的大陆小说家贾平凹，卧病在陕西老家。忽闻一客人来访。他在六月初发表的散文《佛事》中写道：

> 五月二十九日天下大雨，有客从台湾来，自称姓陈，是三毛的朋友。一听说三毛，陌生客顿作亲近人；先生却立在那里只是说，我送三毛的遗物到敦煌去，经过西安一定要来看看你。

看来，有人也依你的话，带着你的一些遗物回来。我凝视着一座座孤立的衣冠冢，昔时的近代的，遥远的咫尺大泉河畔的芦苇枯黄却苍劲，让人隐约感受生命的茫然。

干涸的大泉河畔伫立着一座座衣冠冢，不知哪一个是三毛的？

的，散落在沙漠间。沧海茫茫，就不知哪一个是你的。

今年秋末，我照例要再回到，去过数百回的关渡沼泽，再去探望冬天的沼泽，那片苍茫的芦苇。

啊，上辈子未成的约定，这下辈子，你若还想看看基隆河河口的芦苇，那么就化作敦煌常见的白鹡鸰，冬日时迁移南下，跟我在关渡沼泽区碰面吧。

Chapter 7

夜鹰的大地

一只灰色如斑鸠的大鸟，在我眼前倏然蹿起。身躯如鬼魅的线条，羽翼隐然有对白斑，我因而确定是只罕见的夜鹰。它的惊飞，让我想到了你。让我想到，二十年前，你在这块河床地的走路。

这只夜鹰一如所有其同类的习性，在灰蹚的低空，悄然地滑行。一段短短距离后，没入更前方阴翳霭霭的荒野里，我也朝那儿前去。

如果我没有记错，这是你单独记录的第一种稀有鸟类，而地点就在自己从小长大的家园。从个人赏鸟的履历，相信那意义是非凡的。

没想到，我回来的第一天也在这里邂逅了，在我们成长的大肚溪畔。放眼望去，那景色依旧。野草萧瑟，卵石累累，一片花生和地瓜都难以生长的稀疏草原，干旱而荒凉地横陈在前。

七〇年代末起，不少人受到生态环境运动的感召，选择了赏鸟，作为自然保育志工的起步。我们也在各自的年代，胸前挂着望远镜，从这儿起步，远离了都市人群，孤独地走进这里。这儿是离我们家园最近的大溪，经常一整天，远方只有一二辆盗采砂石的卡车恓惶而行。或者更远的地方，偶尔有一二位农民，骑单车经过他的田地。

我们为何会这么疯狂，走进这个少有人驻足的环境，若说只是为了寻找某些特殊的鸟种，因而不辞艰苦地进入，似乎也言之成理。但后来的赏鸟旅行，或紧接着的，更为繁重的山林踏查，都让我虔诚相信，那是一个人在寻找真正的自己，确立某一种生活价值。

我深信，那一年你走进这条大溪的沙洲，可能一如年轻时的我，很清楚自然生态调查的基础，应该从自己的家园展开。我们便这样一头栽入，不计较什么利害，利用各种空档来此，不断地把观察到的鸟种，增添进随身的笔记本。

这样辽阔单调的河床地，大概也只有我们这种热爱旷野的人，可以挥霍时间。一整天不停地走路，欢喜做

夜鹰2010

甘愿受，盲目地一直往前走。随便前方的风景，将安排什么内容。

若按我在自然观察的经验推论，晚了一个世代的你，在更多生物图鉴和生态理论的辅助下，想必会拥有更多知识的涵养，做出成熟的判断，也提早看到自己的位置。

最初我也以为，我们毫无渊源，未曾谋面。后来翻读一期又一期的鸟类期刊，才惊觉，我去过的地方，经常没过多久，你都有前往的赏鸟纪录了。二十出头，你似乎就踏遍了北台湾重要的赏鸟景点。

在那个赏鸟蔚成风气的年代，最早投入生态保育的一批志工，泰半以教师、医师和公务人员为多，有时也有一些大学的保育社团参与，但你来自南部，就读于北台湾的私立专科学校，这等二专生的身份和热情着实就少见了。

我始终好奇，像你这样出自技职体系的年轻人，在资讯管道缺乏的环境里，当初是如何受到启蒙，投身生态运动的？后来有位鸟友跟我提到，你是因为一场我的讲演受到启发，决定了赏鸟的志业。但当时你的学校，根本没有这类生态保育的讲座，莫非你跑去了隔邻新庄的那所大学特别聆听。而就这么一场，更坚决地投身野外的自然观察？

多么惭愧，我竟忘了自己讲演的内容。只记得那时，我很拙于表达，只会害羞地把自己浅薄的自然经历，怯生生地叙述。老实讲，那时认识的鸟种相当有限，连基本的鸟类生态习性都还陌生呢！

现在我去大学讲演，半甲子来的乡镇旅行和山林踏查，让我拥有丰富的行脚经验，按理应该会有更多感人的阅历。可笑的是，我却丧失信心了。

我愈来愈怀疑，还有多少人会因为一场讲演或者一本书的感召，决定投身台湾的生态保育运动。但在你的年代，在我还年轻生涩时，那单纯的力量，好像还能撼动人心，还有那种传承的氛围。

后来，鸟类版画家何华仁提醒我，你确实跟我们一起出过野外。

恍然间，我才有了那天旅行的有趣回忆。那一回，我们参加一支赏鸟队，走访冬山河。一路上鸟况甚佳，我和他走在前方，带头搜寻。你和几位同学尾随在后头。

我们因为资深，且有一些小小知名度吧，让你们有些敬畏地不敢接近。也好像，怕走在太前面，惊吓了鸟类，让我们失去辨识的机会。你们总是保持一段距离，当我们说看到哪种鸟了，才怯然地跟上，一起凑趣地观赏、讨论。

黄昏时，当大家疲惫地想打道回府，一位在地的赏鸟人骑单车追过来，告诉我们，有两只稀有的秃鼻鸦在河口出现了，问我们要不要追过去。

还要回头吗？来回至少得一小时呢，很多人面面相觑，迟疑着是否值得为此鸟再折返。我和何华仁二话不说，转身便往河口信步，不在乎能否赶上公路局的班车。

跟过去赏鸟一样，我以为，最后又将剩下我们两人，留在原地。没想到，未隔几分钟，还有两位年轻人跟了过来。据说，其中一个便是你。

当我们排除万难，找到了那对罕见的秃鼻鸦，满足地想离去时，你们又跨过一条凹沟，坚持靠得更近。后来，那对黑鸟飞到另一块田地，你们犹不放弃地追踪过去。还记得那时，对岸都已亮出鹅黄的灯火了，你们还在暗灰的大地踯躅。看着两团接近夜色般黝黑的孤瘦身影，在河口缓慢地蠕动着，心里还暗自惊叹，哪有人赏鸟如此痴狂的。

不久后，我们又站在同条阵线了。

那时我还持续到关渡沼泽区进行鸟类观察。这块沼泽因为湿地生态丰富，紧邻大台北都会，屡屡见诸报端。但在众所瞩目，在积极呼吁成为自然公园的过程里，庞大候鸟群的来去，依旧受到人们无情的伤害。垃圾倾倒、变更地目，或非法毒鱼等情形不曾中断。最严重的威胁莫过于候鸟的捕猎，尤其是挂网捕捉。春秋季时，沼泽经常可见细密如蜘蛛丝的鸟网，一排排若隐若现地横垂着。

我无法忍受，这般明目张胆又无法可管的乱纪现象。于是，自发性地展开了个人的抢救候鸟行动。前去赏鸟时，随身都携带小刀或美工刀，看到鸟网挂有鸟类时，便偷偷地下去割鸟网。

怎知在那个年代，割鸟网这样的良善行动，居然被视为破坏私有财产的犯法行为。我们竟属于少数的不肖人士。挂鸟网破坏环境的人没被告发，抢救候鸟的人有时还得冒着挨揍的可能。但我还是顾不得危险，继续执行这个救鸟计划。据说没多久，你也热心地参与了。

这点我是全然理解的。一个赏鸟人只要常在那儿走动，看到大批大批的候鸟被活捉，或者看到一群羸弱失神的候鸟，被关在阴湿污浊的鸟笼贩卖，都会于心不忍。更何况，走到草泽，看到遍地鸟网，每张都挂着四五只倒栽而下，正在垂死挣扎的候鸟。

但我还算理性，割鸟网时，都会先仔细观察四周动

我在关渡拍摄返乡的候鸟。(何华仁 摄影，1983.4)

河岸边的甜根子草丛是夜鹰栖息的家园。

静。我通常骑着野狼125抵达，确定要行动时，都不敢熄火。小心翼翼地走下去了，还会故意装作无所事事地观望，眼看四下无人，才敢取出小刀，快速地割破，再悉心地放走挂在网上的候鸟。

有几回，张鸟网的人发现了我的行径，大声咆哮地冲过来。我因为掌握了安全距离，还能从容地骑车离开。

你们这一代，赏鸟意识更加明确，那捍卫环境的理念也更为强大，而且愿意奉行质朴生活。因而进入这块沼泽区时，总是坚持走路或骑单车，表示对这块土地的尊重。我骑着机车，在基隆河堤防跟你们邂逅时，总觉得有些惭愧。

但你似乎也太憨厚了，连割鸟网这样危险的行动，竟还骑单车来。后来，我听说了，有一位鸟友连人带车被捉鸟的人丢入基隆河的烂泥滩里。我一直没来得及问，那人是你吗？

当然，没来得及问的，岂止这件事。我也不知道，野外观察才开展，你和赏鸟好友陈定昆，为何要启程前往中国内地。是那儿的壮阔山河让你们动容，还是丰富的野生动物，吸引了你们的好奇？

九寨沟，当我初次听到这个名字时，不禁一振。对我们这一代的野外观察者，那不只是一个观光胜地。我们想到的是这片瑰丽森林内，繁复的鸟类和动物相。我难免会好奇地想象，这片喜马拉雅山系延伸出来的自然环境，到底跟台湾有何细腻的差异和相似。

不知你们的自助旅行，有无怀抱着这样浪漫的梦想？我也不知，在台湾摸索出的环保志工精神，是否适合运用到世界各地。或者有些地方，还不到该奉献的时候。

为了省钱，你们搭乘卡车自助旅行。路途遥远而崎岖，行至半途，装备简单的卡车陷在风雨中的泥浆里，怎么发动都前进不得。据说，当时下着豪雨，一群随行的大陆人漠然地站在一旁观望。只有你们俩，热心地下去帮忙推车。

未料到，一道土石流轰然冲泻而下，你们来不及逃避。不过一瞬间，竟跟着卡车一并被土石流冲走。日后回台湾的，只剩一对僵硬的躯体，连最后的遗物也被窃走了。

两名八〇年代的台湾赏鸟人，仿佛一辈子都将相互伴随的好兄弟，就这样为了自然观察，为了帮助他人横死异乡。

我又回到大肚溪了。夜鹰也在河床里，发出简单、清亮的独特叫声，“嘴——”好像在宣示着自己的领域，你有听到吗?还是，那是你在跟我打招呼?

年过半百，如今回到这块荒凉的溪岸，感伤和回忆如甜根子草的芒花阵阵翻飞。我仍跟过去一样，到处宣扬生态保育的美善理念，但我许久未遇见像你这样的年轻观察者，让我有着继续燃烧自己的热情。

巍萨，生如迷鸟之漂泊，死如候鸟之返乡。今晚我继续走进辽阔的河床，我们的河床。能否请你如夜鹰的蹿起，以静默的飞行，再次滑过天空，引领我接下来的路。

老鹰 2007

Chapter 8

向老鹰学习

最后，当你以全裸的背影出现，缓缓摊开双臂，如一只老鹰半蹲着，张开羽翼，在湖边稀疏草原的大石上出现时，全场的青少年们都惊吓到了。随即，又爆笑成团。

原来，这个限制级的画面，我用了马赛克遮护。上面写了一个小小的“鸟”字，贴在你的下腹，避开了暴露器官的误会和尴尬。但我想，这些刚刚才听过老鹰生活故事的孩子们，势必已留下一个深刻的记忆。在今天之前，他们绝对无法想象，我们的岛屿，还有这样繁复的鸟类生态内容，以及你那不可思议的简朴生活。

这是我第一次以老鹰和你为主题，讲演给少年们听。一边讲着，想及多年来大家投身野外鸟类观察的艰苦，最后情绪不免激动地难以平抚。讲演结束，一边收拾简报器材时，手竟还在抖动呢!

结果有位同学提问：“这位鹰人还在吗？”

这一看似寻常的简短发问，我仿佛被闪电击中，呆愣了许久。对了，你现在在哪里呢？

老鹰 2009

九〇年代初，我们在外木山山顶初遇。那时你已捐家赠产，该丢即弃，能舍便割，一身清净。家里除了望远镜和脚踏车，几无任何贵重的家当。

未几，在基隆观察老鹰一年后，你更毅然地宣布了未来二十年，还要投身“老鹰大梦”的调查。这个充满孤绝精神的发心，让我更清楚，你将以老鹰作为一辈子追探的目标，继续奉行刻苦的生活，努力成为自然僧。

猛禽是所有鸟类里，观察最为困难的族群。若没有长期经费的奥援，又家徒四壁，你如何终年旅行野外，支撑这二十年的生活呢？我想这些对一个毫无物质欲望的人来讲，都是鸡毛蒜皮的小事，丝毫不值得担心。孤单一人，也没什么好牵挂的。

或许，你更在乎的，是未来的观鹰岁月，你会发现什么？

其实，我很妒忌你。钦羡你能够如此安然自得，我却必须在物质压力下，蝇营狗苟地忙碌生活。直到年过

沈振中摸索着与自然合一的奥义，或许，老鹰正是他的前世。（赖麒泰 摄影）

半百，方才释怀人生的舍与得。

二十年前初识，我心里即悬浮着一个很大的困惑。我始终想问你，为什么在年轻时，同样被老鹰所吸引、启发，我们却走向不同的自然世界？

我比你早一个年代邂逅老鹰。那天是一九八〇年元月三日下午。身着海军少尉白衫黑礼服的我，依军令所约，抵达海军总部报到。总部随即派了辆公务车，载着一批少尉军官，逐一送到所属单位。那天军用吉普车先把港边单位的军官一个个运送完后，最后只剩下我，被载到港口末端的左营东一码头。

吉普车在我下车后，扬长而去。只留下困惑的我，和一个大背包，站在空荡荡的码头。临行前，开车的水兵还向我用力敬礼，一边大喊："报告长官，我奉命载到此，您的军舰在外海操演，随时会回港。"

随时会回港？我听到后，当然不敢随意离开。一个人在码头上徘徊，时而掏出军队配给的香烟，坐在缆桩上，边抽边远眺着辽阔的海洋。远远的海平线上，灰蒙蒙的，毫无可见物。再回头看，离我最近的一名水兵，犹如一只晃荡的小狗，在地平线远方无精打采地来去着。我想在那时空下，全台湾没有比这里更荒凉的地方了。

等了一个多小时，还是未等到军舰，可又不敢远离。那天是年节实战操演的训练，军令如山，万一军舰回来，我却不在现场报到，真不知会发生什么可怕的事。再怎么疲累，都得继续苦候。

日头逐渐西斜，天色迅快灰暗，我反复地起身，来回踱步一阵。再次坐回码头的缆桩，支颐，打盹，发呆。

突然间，地上有阴影掠过，头顶甚而有一股阴冷的小风。我吓了一跳，慌忙抬头，只见一只枯褐色身影的猛禽，正全力张开破败而老旧的羽翼，缓慢地滑翔而过。每根羽翼上的羽毛，都清楚地露出鲜明的色泽和有序的斑纹。

那庞然的身形，也猛地给了我突如其来的压力。我当下对它并未有飞翔的轻盈感觉，反而是巨大而深沉的生命压力。尤其当它凌空而过，再缓缓绕回来巡视时，那犀利眼神所散发出来的目光，紧紧地勾住了我。那不是在跟我打招呼，而是把我整个人的灵魂，以大头针穿过甲虫般，牢牢地钉死在纸板上。

过去，我不曾见过野外飞行的猛禽，但它实在离我太近，羽翼形状和头嘴，都直接让我联想起，那就是老鹰。

它随即又盘旋一回，再次向我贴近，仿佛在检视我的身份。俨然像前些时，教育班长高傲地睥睨着我，一个菜鸟的受训者。

完整地飞过这一圈，它不再搭理，一个转身，拍扑到港口上方，安稳地翱翔着，似乎企图从港口里寻获食物。过一短暂时辰，在海面玩了一阵，大概无聊至极了，再回来俯瞰。

这一回又比先前更接近。如此逐渐靠拢，让我的好

我在台湾海军912军舰服役，邂逅许多老鹰。(1980)

奇愈为添增。仰望了许久，竟有着微妙的贴心感觉，好像它是久未联系的友人，在我心灵最需要安慰时，适时地出现。

正当我陶醉着，而且有些兴奋，说不定它会把我当成柱子，在旁边停下来歇脚时，突然间，听到船笛声大响。我仿佛自大梦中醒来，猛地望向海边，赫然发现，一对庞大的灰黑军舰，正在驶回港中。

我猜想，那合该就是即将报到的912军舰了。赶紧起身，快速整装，准备迎接军舰的回来。等我就绪，伫立码头，遥望着海面时，这才注意到，适才翱翔的老鹰不见了。不远的地方，一座柴山庞大地坐落着，我猜想，莫非是飞回那里歇息。

日后，这艘我等候报到的军舰，成为当时台湾驱逐舰的首要旗舰，航向许多外岛和台湾的港口，诸如高雄、苏澳等大港。我亦陆续在那些地方，遇见了其他老鹰。尤其是基隆，数量最多，经常三四只低空盘旋。

当军舰泊靠那儿，我值更时，每回漫长的四小时站岗，最常巡视到船头观看。我最喜欢，它们不断地逼近舰首的无所畏惧和好奇，仿佛我是它们的故友。

一年之后，自海军退役。退伍隔天，马上加入台中的观鸟团体，开始野外观察，它们无疑是启蒙我的鸟种。

十年后，你的启蒙跟我一样，也是这种老鹰。

在欧洲大陆许多的寓言传说里，老鹰是最苍凉、坚毅，且具有神秘气质的鸟种，鹰眼如神之凝视，具有穿透生命本质的能力。分类学家也推论，它们是早年演化迄今的旧时代物种。羽翼仿佛承载着古老的智能和灵性，在我们前面朴实地滑行而过。

我隐隐然感觉，你一定深信不疑，而且还被这种幽微的神性启蒙，日后才大彻大悟，对生活价值有了新的见识。

那是九〇年代初，你回到基隆老家一所护专教书。

每天早晨，学校操场举行升旗典礼，你从那儿望着老鹰飞向基隆港。降旗时分，再沿反方向折返。你很好奇，这些老鹰从哪里飞来，于是便骑脚踏车追踪。

老鹰在天空飞，你在地面以脚踏车追。没想到，台湾确实有老鹰繁殖。才一个多月，你这位识得不多的菜鸟，在夜以继日的追查下，竟是最早的记录者。其中几对的巢穴，就在情人湖畔的外木山。更没想到，那也是台湾最庞大的一批老鹰家族的最后家园。

老鹰启蒙了我的一时，却改变了你的一生。

这批十年前，或许我已经在基隆港守望的猛禽，以及它们的后代，透过你的不懈追踪，揭露了一个我们过去从未知悉的生态世界。它们日复一日地进行交配、游戏，以及团体生活等繁复的行为，也都在你的镇日观察报告里，逐一被诠释、解构，或再重新定义。

同时，你也因为老鹰的刺激，萌生了一个探索自然教育的理念。离开外木山后，我们再次相遇的机会并不多。有一回，在乌来山区，我们分别阐述两种自然教学方式，跟一群老师切磋生态观察的心得。

你的教学方式跟我认知的经验，刚好截然相反。

我一路解说，采用的是自然步道解说的内涵。当时我服膺着这种知性旅行，沿着森林的小径，告诉老师们每种植物跟汉人和原住民的生活关系。这套观点和教学方式，当时应该是自然观察的显学。后来的社区营造、地方文史工作者迄今仍偏爱这种教育内容，不断地教导社区孩童和家长们，摸索这类知识的内涵。甚而学以致用，研发出今之文化创意产业最期待的，有形无形的物件。

你的教学方式恰恰好相反，完全不带一点知识的讯息。只带老师们静静地走在林子里，要他们去拥抱抚触大树的温暖。去细究一朵小花内里的奥秘，去想象一颗石头的生命形状。或者，坐下来，甚至仰躺在地面，观看天空，聆听森林和溪流的声音。

你的教学很接近美国自然教育家柯内尔的唯心理念，强调心灵感官的接触。但隐约还是有一种经过这块土地长期洗礼的经验，不会盲目地全盘接受美式的自然教学。

那天结束后，我困惑地思索着，两种截然不同的教育方式。私底下，我对于你的教学策略充满疑虑。在晚近试图从自然追回童年，追回过往价值的教育理念里，我也极度怀疑，多少孩童和师生愿意跟你刻苦励行，奉行这等质朴、单一的现世生活。你给的是未来式，但我相信多数人追求的是过去的自然。

果然，日后我不再听闻有任何学生，愿意长期跟随你在野外旅行。我所带领的自然教学，却不曾在台湾自然教育的摸索过程里缺席。只是我的教学对了吗？学生有因为这般成长，认定生活的价值吗？

随着时日的延长，我发现自己，渐渐厌倦太多知识的羁绊，只想单纯地欣赏外在的世界。当孩子们逐渐长大，我也才了悟，他们要的自然，最好就是什么都不给他们，只要徜徉就好。就像一群羊，漫无限制地放出去吃草。若他想留在栅栏里，我们再来探问，他要什么。或许，我绕了一大圈，最后遇到的，会是你最初坚持的接触方式。

后来我知道为了追寻老鹰，你不断地在台湾旅行，甚而漂荡到亚洲各地，凡有老鹰踪影的国家。我们岛上的老鹰分布，你更清楚地掌握资讯。诡异的是，掌握愈清，你也愈被套住。

这种远古的灵性之鸟，似乎成为你的同胞，不，变成了你的导师。你不只抛弃物质生活的种种物件，连生

二十年来沈振中专注地守望着老鹰，且奉行简朴生活。

活都变得很老鹰。以简单生活为原则，你向老鹰学习大礼，不时以它们的生活习性看待事物。这些以垃圾为主要食物的猛禽，仿佛提示了多数人类不曾体验的，深层生活的奥修之道。

以老鹰为师，你开始赤脚在街道行走，领悟不穿鞋走路的刻骨铭心。别人追求赤脚的健康养生，你想摸索的是赤脚带来的生命情境。赤脚当然更让你的裸体思考，奠基更为坚实的生命情境。你的习惯赤裸愈加坦然，不畏世俗眼光。

四下无人时，我或者会在森林全身脱光，在溪里裸泳。但上了岸，过没一阵，总感觉赤裸是多么的没有安全感。被文明驯化的我，急切地想穿上衣服，遮掩我内心的惶恐不安。

我没问你，但我相信，一个人急切地把全身衣物脱净，渴望着裸身于自然，势必有种欲望，想要百分百地回到最初的环境。唯有在全身赤裸，光着肉身，长时处于开阔的原野，才能更踏实地面对自己。

说透了，你的前世根本是只老鹰，只是今生不幸轮回，来到世间当人类。有朝一日，你还是会回到你的族群。每次当你卸光衣物，毫不忌讳地站在广大的荒野，面向自然时，我相信那是最真诚的呼应。

快二十年了，“老鹰大梦”即将届满，你还会继续观察吧？你的赤脚行走、裸体生活，还会持续吗？或者会更加惊世骇俗，选择一个更为孤独而冷僻的理想，继续执著地摸索下去？以我对你的粗浅理解，这些疑问其实根本不该出现。下一回的“老鹰大梦”，相信你早已命定，继续要一个人孤飞。

你会继续站在一个孤高的危崖，像你的同胞和族群，继续以苍远古老的姿势，以我这一辈子都无法企及的高度，在台湾的天空盘旋。

Chapter 9

戈壁来的呼唤

还记得李希霍芬吗？

一九八〇年六月十七日，你在罗布泊的沙漠迷途，被五十度的高温狂晒着，濒临死亡之际，有无想过这位罗布泊的定位者？

来年暑夏，当你在沙漠失踪一年后，我在淡水河口北岸，顶着太阳，走进沙丘时，随即想到了这位来自普鲁士的著名地质专家。早在深入罗布泊前（1861），他也来过这儿，写了一篇北台湾的地质报告。

那年，普鲁士组了一支调查队，准备效仿英国，在远东觅得一处类似香港的港口。当时，锁定的目标是台湾。李希霍芬的职责是实地勘测，供给远在西方的祖国遴选。李希霍芬在北台湾完成勘测后，呈交了一份翔实的考察报告，对台湾称赞备至，但他的调查并未被采纳。

在遗憾和愤懑中，他退出了调查队，却也因这次的离去，日后宿命般地投入中国西北疆域的地理探查。早你一百多年，在这块辽阔死寂的戈壁，追寻着自己的梦想。

但在我的脑海里，他的出现一如那篇地质论文之匆促，只闪过短短数秒。接下来，挥不掉的，还是你的身影，一位中国近代地理探险家的悲怆。

你已作古，并未来过台湾，我们亦不相识，如此状态，为何还写此文？我一时也难以说清，只觉得自己生命里，潜藏着一股微妙而复杂的情绪，非跟你诉说不可。

在淡水河口北岸旅行前夕，我已经听闻你的事迹。最初，你出现在中日两国电视台合作的《丝绸之路》影片。在喜多郎空荡、略带哀伤的新世纪音乐里，我看到

了早年丝路的壮丽风景，也崇仰着你探查楼兰古路的精彩成绩。当时，无知、懵懂的我，已偷偷地萌生一个心愿，向往着有朝一日退伍后，能够前往那儿冒险。

来过淡水河口北岸的李希霍芬，也是丝绸之路的命名者，或许是这个微妙的因由吧，当我走进这座沙丘时，再次想起你。

到底你我之间有何关系？原来在你失踪前夕，我正服役海军，曾冒险写了一封信，辗转透过回香港工作的大学同学寄给你。在信里，我天真地打探，是否允准一名台湾的年轻人，在未来的时日里，加入你领导的调查队伍。

那封信寄出后，始终未有回应。没多久，我便得知了你的失踪。一九八〇年五月，当我转托同学，寄出此封自荐信时，你正带领一支探险队，前往罗布泊考察。六月十七日，你因缺粮缺水，独自一人到沙漠里找水，此后就杳无消息。

对照时日，我相信，你一定未收过这封来自台湾的信。日后，我也放弃了丝路的冒险。但我的退却，并非没有获得前往的机会，或者是因了你的意外失踪，而是另一个因素改变了我的初衷。

到底后来发生了什么事呢？

当然跟这座海岸的沙丘有关了。来年暑夏，自海军退役后，我开始走进这处沙丘观察。冬天时有回寒流来袭，海岸如极地幽暗的冻土带。强劲的海风吹灌下，潮汐线几无任何动物，石沪更因满潮而淹没于海面下。我背着背包，全身紧裹着衣物、围巾和帽子。每道海风都夹杂着盐沙，锐利地针砭着皮肤。我只敢露出双眼，吃力地走在海边。你常在沙漠里，背负着吃重的行李前进，想必更能感受，这种被风沙吹袭的刺痛。

艰苦地走了好一阵，正怀疑如此凄厉的海风下，还有什么生物时，突然间，前方出现了一个小小的黑影，约莫老鼠般大小，伫立在灰蒙蒙的潮汐线上。

这两座当年残留的碉堡，是我当时观察东方环颈鸻的基地。（1983）

我好奇地接近，赫然发现，竟是一只鼠灰色的小水鸟。它单脚伫立，头埋入背羽。偶有浪花的碎沫，滚过脚前。当所有水鸟都飞往内陆，躲避海风或觅食时，我着实不懂，弱小的它，为何仍挺立在这儿，甘愿接受冷冽寒风的吹刮。

那种惊奇，我相信你亦能明白，就好像在戈壁上遇见一只狐狸般的困惑。你会讶异，到底是什么驱力，让一只小狐狸千里跋涉，越过几无生命迹象之戈壁，抵达你的营地附近。

当时我邂逅那只小水鸟，心中浮升的便是这种疑问。隔天，再到此地，继续看到一只，依旧单脚伫立在潮汐线上。

它侧着身，以尾羽的方向对准了东北季风，减轻了受阻的面积，好让自己能站得更加节省体力。很显然，它也想避开寒风的吹拂。当我逐渐接近，距离两三米左右。它机警地放下另一只脚，往前跑动一小步，随即停了，缩脚如前。很明显，试图和我保持距离。

东方环颈鸻 2008

我停了好一阵，再往前踏出一步。它也往前，继续维持这等安全的间隔。又过了好一阵，我再踏出一步，它又挪移向前。我们就这样一大一小，一前一后，亦步亦趋，在寒气凛冽的北海岸，孤单地相伴着。

初时，邂逅这种小水鸟，印象深刻而有趣，但还没有强烈的感动，或者下定决心，想要在那儿长期滞留。

小水鸟的吸引我，是缓进式的。

后来，我分析，它的长期滞留海岸并非巧合。当所有水鸟避开东北风，飞进内陆时，少数这种小水鸟的单独伫立，其实已经告知了，其习性里，必有一潜藏的因子，在其他水鸟不愿意忍受海风侵袭时，它却愿意坦然面对。

我在那儿观察到春天。

有一天清晨，当我又走进沙丘，马上敏感而纤细地察觉到，西南季风开始吹刮。经过一季寒冬，重新被这种季节风温煦、和善地吹拂，总是特别振奋，我想水鸟们的心情亦当如此。这也是迁徙的讯息，许多水鸟都将搭此季节风，加速北返的脚步。讵料，它非但未走，在众鸟集聚石沪加紧觅食时，反而花更多时间，走进沙丘里，数度展现类似麻雀沙浴的蹲伏动作。

它的蹲伏让我颇感震慑，一来它并未像多数水鸟展现北返的意图，二则竟然选择在如此炎热干旱的环境继续栖息。我不免进而揣想，难道它会在炙热的沙丘产卵？

异地内化，在一些世界知名的探险人物身上，我们常拜读到这样纠葛的旅行情境。这只小水鸟的诡异行为，竟激发我朝这一生命内涵，理解自然间的某些特例。日后，它在沙丘上还遇到了伴侣。我的臆测果然也无误，真的产卵了。从此，我前往沙丘的次数更加密集。

没想到，西南风不尽然是舒适、和悦的气流，只带来生命繁衍的讯息。

一次，西南风大吹，沙石镇日翻滚。沙丘上举步维艰，我试着把铅笔丢到沙丘，不消半分钟即埋没。我很担心小水鸟的安危，努力走到卧巢的位置。没想到竟目睹了一个震惊的画面。

其中一只，竟在狂风吹袭中，坚持蹲伏在沙丘最高点的巢区，卧着蛋，不愿离去。以当时暴风卷沙的侵袭态势，如果它不起身，沙石就会迅速将它和蛋淹没。

以我对其他鸟类的认知，它应该选择弃巢，先行离开。等风沙平静之后，再试着回来看看。但它继续坚守着。很快地，风沙将它淹没一大半，只露出头颈的部位。它继续闭目，静若磐石，不愿离去。

我蹲伏在不远的沙丘，着急地观看着。有一度，真想冲上去，将它抢救下来。但最后还是隐忍住，继续尊重自然的法则。

没多久，不幸的事便发生了。我眼睁睁看着它，在眼前不远的沙丘上，被风沙吹没，寂然地消失。我深信，它是抱着巢蛋一起不见的。

季节风起时，跟我一起背风伫立的东方环颈鸻族群。(1983)

我一边椎心地看着。很奇怪，那时还是想到你。想到，当你最后身陷在沙漠里，面对死亡进逼，毫无援助时，你会想起什么？

你还未失踪前，透过大陆电视的广泛播映，你早已是中国著名的探险人物。在一封写给郭沫若的信里，你亦慷慨激昂地提到："我，彭加木，具有从荒野中踏出一条路来的勇气。我要为祖国和人民夺回对罗布泊的发言权。"

失踪以后，你更成为民族英雄了。最近我去丝路旅行，走访了好几间博物馆，里面都镌刻着你显赫的探查事迹。你的名字被置放于玄奘、法显和林则徐等历史人物之后。

你还活着时，我偶尔拜读你的文章总强烈感觉，字里行间满腔热血，一付沛然莫之能御的民族意识，潜藏着百年来的历史屈辱。同时，一股坚决的傲气，跟你的生命意志紧密结合，也一起缚绑在中国地理探险的大纛上。

郭沫若称许你为"科学雷锋"，我想你是欣然接受的。当时的氛围，以你的学养知识和探险能力，再肩负豪情壮志和国家情愁，才是值得追效的英雄。像李希霍芬之流，不过是史坦因、斯文赫定等探险家的前辈，挟其殖民帝国之力量，命定地功名成就，但探险的才质犹待检验。

我也相信，死亡对你犹若鸿毛之轻，从来就不是你探查任务时必须烦恼的课题，或者必须严肃面对的。但我却不是这样的人，在野外遭遇挑战时，难免心存犹疑、茫然。

中国近代最富传奇色彩的知名探险家彭加木。

有一回，我在爬山途中，遭遇土石流的侵袭。那天豪雨不断，前面是断崖，一群山友在后面的林子边缘，等我回报。

我在前方探路，突然间一阵土石流从上方涌出，顿时如大河奔腾，将我和队伍岔开。大雨中，我的眼镜模糊了，看不清前方，手上捉不到任何支撑的物体，更找不到往前的山路。

我仅能以双手双脚谨慎缓慢地探触前方。万分紧急之时，也试着努力呼喊，但除了轰隆的雨声，根本听不到团队的回应。更糟的是，未几，回应我的竟是另一波土石的崩落，从头顶的棱线流泻而下。自己活像一根漂浮的流木，随时会被吞没，或冲走。

那不过是一处台北盆地的郊山，我因山势不高，出发前做了轻忽的决定，未带任何防寒衣物或救生设备。这等危急万分时，偏偏又双腿发软，力气亦放尽。也不知因害怕，还是寒冷，不断发抖着。我很少这样，斗志全无，直觉自己完了，回不去了。

但不过瞬间，很奇妙的，或许是长期浸淫在山林，我的心情也在那时放空。心想横竖一死，就让自己是人类在此破坏山林的祭品吧。只默祷着，万一自己走不回去，希望能被土石流完整带走。

那样的死亡心情，一点也没有得失的计较，也没什么壮志未酬的遗憾，反而有着逆来顺受的平静，准备接受自然的召唤。所幸，后来土石流并未继续冲刷，我侥幸地逃过一劫。

今年春末，我站在丝路的阳关上，远眺着层层如峦嶂的浩瀚戈壁，想象着你最后的死亡之旅。

当你迷失在沙漠里，那最后的挣扎，会不会如同我的懦弱？在山里遇到小小的死亡威胁，就悄然地屈服，放弃了坚决生存的意志。充满国仇家恨之历史情感的你，跟自然搏斗多年，会接受这种宿命的安排吗？这是我年轻时，也是我年过半百后，继续的困惑。

我亦不知自己观察的小水鸟，最后抱着蛋，在风沙中埋没，它心里想的是什么。那一年看着它的寂然消失，看着它坚决眼神的最后画面，我还是联想到你，想到你一定会握紧拳头，自沙土中悲壮地伸出。

如今回顾一辈子的鸟类观察，日后常在台湾的沙岸遇见小水鸟的同类。早年目睹其中一只的卧蛋和消失，我仿佛已释然，不再耿念揪心。关于一个人的死生，时间久了，就像站在广漠的石砾地，凝望星子低垂地平线的闪烁。好像这样的怀念，也就够庄严亲切了。

或许，从半甲子前，我认识你这位英雄时，就一直在离开你。而当我年纪半百，已经离你很远了，才又遽然想到你对我的撞击。

但这时，这样缥缈而扼腕的回忆里，敬慕恐怕早多于崇仰了。

附记

★ 李希霍芬（Ferdinand von Richthofen，1833 ~ 1905）德国地理学家。一八六〇年到一八六二年，前往亚洲许多地方，诸如锡兰、日本、印度尼西亚和缅甸，以及中国台湾等。一八六三年到一八六八年，在美国加州进行地质勘察，发现了金矿。一八六八年到一八七二年，四年间走遍了大半中国，命名了“丝绸之路”。在近代地理学领域中，占有一席之地。在世界各地的地质纪录与观察报告，更备受学者推崇。斯文赫定为其高徒。

Chapter 10

台风的子民

一九八九年春末，法国人类学者列维–斯特劳斯的经典著作《忧郁的热带》中文版终于在台问世，想必那时你也收到了这本厚达五百多页的书。只是这本书的译者，我们的挚友王志明，早在两年前即已辞世。

从报纸得知，你又进入灾区救灾时，你的关怀举止，突然让我无由地感伤，无由地怀想起这位共同的友人。

志明在世最后几年，常围绕其周遭的友人大抵知道，为了完成这桩卷帙浩繁的翻译工程，他皓首穷经地翻查各种数据，更经常废寝忘食地与时间赛跑。最后翻译告终时，自己的生命亦如油灯燃尽，跟我们告别了。

我们悲伤地为这位英年早逝的友人，举办了一场隆重的丧礼。公祭结束，记得你跟好几位原住民友人，都继续留下来守候。我和摄影家谢春德等人也在旁相伴着。

大体进入火葬场火化时，众人围成半圈，你带头唱起《大武山美丽的妈妈》，为这位值得尊敬的汉人送别。我也约略知道你和几位族人，舍不得离开的因由。

那些年我跟志明一直在报纸副刊共事。深受人类学知识启蒙的他，常跟我提及自己最感到耻辱的是身为汉人。有一回，他兴奋地拉我到外头，告诉我，自己已经归化为排湾人了。然后，抽颤着手，取出一张小纸条让我瞧："你看，这是我的原住民名字！"

很惭愧，我那时看得迅快，只记得叫"壹"什么"士"的三个字，直觉取得不甚雅气，还跟他说："好像可以更原味一点。"

他兀自收起纸条，不再跟我解释，只说："这是有典故的。"

我一直忘了问你，他在世最后几年，明知自己身体不堪负荷，仍热心地参与"原权会"的工作，努力地协助你们寻根，找回族群认同的尊严。最后连自己都归化为你的族人。但你还记得他的排湾名字？知道那个名字的典故吗？

他的大体火化后，骨灰安葬在新店山区的海会寺。

我们各自持了一片残留的小骨骸，依着自己对他的怀念，各奔东西。

当天深夜时，我和谢春德等友人带着这片小骨骸，携往北海岸的白沙湾。我们做了一艘纸船，把那片小骨骸放在上头。

接着，我们下海陪这艘小船出海。那天外海波光粼粼甚是平静，天空亦是繁星点点，很适合泅泳。我是流着泪慢慢送小船出去的，心里还愚騃地默祷着，希望它一直漂，化为座头鲸般的生命，漂到他攻读人类学的北美西岸。

我这么详细地叙述，这段护送小骨骸的过程，主要也是很好奇，那夜你们南下后，是否也把小骨骸带回老家，埋葬在大武山？或者更远的东部后山？

我更没想到，自从那回葬礼一别之后，再相聚时都已年过半百，经常不胜唏嘘的年龄了。那时我也才更清楚，你继续跟志明一样，还是满怀人道主义，继续以歌声在为弱势族群奔波。

“八八风灾”一发生，从报纸得知，你又进入灾区救灾后，我再仔细回想，志明辞世以后，这一二十年来，每次偏远的地区发生天灾，似乎都有你的身影。

可我想象着，你愈来愈稀疏而苍白的头发，还有移动缓慢的肥胖身子，不免惊疑而担忧，你到底有多少体力能支撑。再者，那儿不可能有一架钢琴，不可能有音乐舞台，你是否失去了理智，现在去干吗？

从电视的跑马灯得知，这回你去抢救的不再是别的地方，而是你和志明的老家，南部山区。莫拉克台风带来了半个世纪以来最为巨大的天灾。你的孤身返乡，更让我想起不久前认识的一位少女。那是一场文艺营的盛宴，我鼓励同学上台，尝试回忆生命里铭记最深的经验。这位少女，你来自大武山的族人，叙述了这一惊心动魄的故事：

我是一位单亲家庭的孩子，跟随父亲长大，家里还有 VuVu（排湾语，祖母之意）和弟妹一起生活。父亲平常在城市打零工，赚钱养家。回家时，偶尔会去森林打猎。为了赚取更多生活费，VuVu 还在自家后面的旱地，种了些芋头和小米。

有一天，父亲喝酒时跟 VuVu 提到，最近去后面的森林，很难打到猎物，过去很少这样。森林太安静了，让他心里有些不祥的感觉。VuVu 还安慰，村子在这里已经一百多年，不会有事的，也许过一阵子，动物就会回来。

没想到，不过十几天之后，台风突然来袭，下了整夜的大雨，房子不时有天摇地动的感觉。父亲去镇上工作，始终未回来。我和弟妹非常害怕，紧靠在 VuVu 旁边都不敢睡觉。

半夜，我们听到急促的敲门声，还以为爸爸回来了，高兴地开门。没想到竟是村长穿着雨衣，狼狈地到来。村长忧心怔忡地说，雨落得太快，河水高涨，村子通往外头的桥都冲断了。

村长很担心这儿的安全，苦劝我们去学校礼堂，跟村人聚在一起。但我和 VuVu 都拒绝了，爸爸不在家，我们以为更有责任留下来看守房子。村长离去后，风雨愈加狂暴，我们才开始后悔，没听村长的建议。

这时我们又听到撞门声，急忙把门打开，竟是家里养的母山猪沙布。沙布为什么没躲到自己的小木屋，不顾风雨地跑出来呢？我从窗口眺望出去，赫然看见，沙布住的小木屋，早就被土石流掩埋了。

说时迟，我和家人吓得赶紧打开门，顾不得外头风雨交加，便跟着沙布往外跑。但往哪里去呢？我们原本想跑向村子，但沙布竟奔向另一头的森林。我们不由分说，跟了过去。没想到，跑不及五十米，随即听见轰地一声爆炸，更多的土石流从山头崩落，像汹涌的巨浪迅速奔来，吞掉了我们的住家，淹没了一切，沙布竟也在逃离的路途中不见了。我们全家很侥幸地跑上一块森林的高地。

清晨雨过天晴后，我们站在高地远眺，村子已经消失。除了大树附近还有森林残存，整个山谷满目疮痍，仿佛被轰炸过的残迹。所幸土石流已经停止，公路似乎抢通了。村人陆续出现，爸爸也满脸憔悴满身伤痕和泥巴，安然地赶了回来。

没多久，村人决定搬迁到这块森林的高地，重新搭盖房子，我们家也一样。爸爸知道我很怀念沙布，还加盖了小木屋，准备日后再去森林找一只小山猪。

奇迹似的，过没多久，沙布竟出现了，身边还多了三只小山猪。VuVu 高兴地跟我说，沙布愿意回来，还带了孩子出现，表示这儿一定是安全的地方，我们可以安心了。

这位少女把亲身遭遇的浩劫，自然的神奇灵性，描述得绘声绘影，充满文学戏剧性，当下获得了满堂彩。我初

台湾野猪 99.7

次听到更是激越地称许，但私下难免有些不敢置信，多少还怀疑其中有些巧合，尤其是山猪回去找她们的结局。

少女描述的山域，正是列维–斯特劳斯在《忧郁的热带》里偏爱的相似环境，仍保持原始的丰富样貌，人类文明尚未过度拓垦。

莫拉克台风一扫过，这些净土也出状况了，我不时盯着电视，看着相关的新闻报道。几十年田野奔走，这些南部的山村，几乎都有熟悉的友人和家园。那些年，有很多回我都是带着一台志明留下来的相机在那里旅行。

那是一台 Nikon 厂牌，FM 系列的老式机种。我跟他同事多年，发现他最感兴奋的两件事，其一是准备翻译《忧郁的热带》，另外就是买了这台相机。

大概年轻时生活拮据买不起相机，终于购买了，他还笑着跟我说，以后可以常跟我出去，好好地在台湾的山区部落旅行。带着它，我感觉志明仍在自己身边一样。

看着莫拉克台风的惨状，我不禁取出这台传统相机凝视。那时才惊觉，许久未用，它已经发霉了。数码时代到来，传统相机像灭绝的恐龙，全都封在储藏柜里，不再使用，这台老古董更不例外。我取出拭镜布，小心地擦拭着，一边继续看着电视的画面。

我很害怕在屏幕上，看到灾民伤心欲绝的哭喊形容，却又忍不住，疯狂地快转频道和画面，生怕漏掉哪一个人的消息。那几日，每一个残破的地景，都让人难以压抑心中的悲愤。每一村的悲惨故事，仿佛都是一把山刀缓缓划过自己胸口。

那几日，全心注意灾害播报时，意外地，我也看到一则小林村的故事。一位青年冲出来，抱着一只小黑狗，坚持让它坐上前来抢救的直升机一起下山。他激动地跟记者说，这只狗靠着天生的本能，在土石流来时预先示警，抢救了四十四条人命。看到这则新闻，我终于相信那位少女的描述了。

隔天，我抽身南下云林，教导当地青少年文艺创作。

王志明病故后，遗留在我手边的 Nikon 相机。

每回台风到来，这处浊水溪以南的平原，总是岛上受创最为严重的地方。这回很侥幸，几乎安然无恙，但台风尾还是扫进斗六街道，带来滂沱大雨。台风远离第四天了，我们待在课堂，还是清楚感受到它的余威。

上课时，我不免以台风为例，讲了几则相关的灾变故事，包括那位少女的。同时，鼓励同学们，身为台风的子民，何妨也试着回想，自己是否曾有类似的生命体验。

前来受学的，都是十四五岁的少年。南部的孩子往往比较害羞，怯于发表意见。我鼓励了好一阵，才有一位从角落缓缓地举手，愿意走到讲台上。这位少女是这样开场的："我要讲一个辛酸悲惨的故事，假如你们不敢听，请捂上耳朵。"

她这一说，每个人反而更加专心，充满了期待。结果我聆听到了，那几日来最震慑的感人故事：

这是我四岁时亲身经历的往事。

那时我和家人住在集集。有天晚上，突然间天摇地动，整个镇好像都在崩裂。我们家位于大街上，原本有四层楼高。经过剧烈摇晃后，重重倒塌，挤压成一楼。

当时地震一发生，爸爸和妈妈马上紧急应变，迅速地把我们三个小孩全推入一个钢制的坚固家具里躲藏。但那柜子太小，只能挤入三个小孩，爸爸和妈妈被迫待在外头。

结果墙壁倒下来时，爸爸的腿被压断了。隔着残破的屋瓦，我们听到凄厉哭喊的惨叫声。但爸妈还是坚忍伤痛，因为担心余震，隔着土堆还大声提醒我们，绝不能出来。果然，没多久又有一回撼动，家里的铁门断然落下。妈妈为了抢救爸爸，奋不顾身，冲过去以背挡住坠落的铁门，但爸爸的手还是被压断了。

我们家全埋在土堆瓦砾中，不知经过多久，靠着每个人的努力挖土，终于扒出了一个小洞，露出光线。全家再循着洞口，逐渐挖大，慢慢地爬出了街道。

这时整个镇上，好像被轰炸过一样，四处都是倒塌的房舍和死掉的人，除了双黄线的道路还有行人勉强来去的空间，其他都夷为废墟了。我们看到许多人在烧冥纸祭拜死亡的亲友。不少地方还画了人形的白圈，表示此地仍有人埋在地下，极可能已经罹难。

我们爬出来的位置，也有五个白圈。原来邻居以为我们全家都死了，才画上去的。

那少女从开场白后，几乎是一路哽咽说完的，很多同学眼眶都湿红了，连我都为之鼻酸，不知如何接续回应。但最后她强忍悲痛，讲出了动容的结尾：

我们原本什么都没有了，但很感谢整个社会的关怀救助。十年了，爸爸虽然只剩下一只手一只脚，但他努力工作，扶养我们。我们家很穷，但他设法让我进入这间私立学校，希望我好好读书。我知道，我会坚强下去……

今年也是九二一地震十周年，德夫，一个月前，你和一伙歌手友人，远到埔里桃米村，举办了纪念演唱会。

每位歌手分文未取，仅领微薄的车马费义务前来。想以自己的歌喉献唱，追悼这个不幸的日子。埔里是当年受灾最严重的地带，当地人记忆犹新。你们带来温馨的歌曲琴声，再次抚慰当年的受灾者。感动的镇民也给予你们热烈的掌声。

这一回风灾，没有钢琴没有舞台，更手无寸铁，你当然不可能亲手协助救灾。跟过去一样，我想你一定以为，人在现场最为重要。自己是公众人物，回到那儿跟族人站在同一条线上，就有其精神指标的意义。

你因而一如往昔，在族人最需要外援的时候，跟他们站在一起。看到你这回的行动，我不免想到在桃米村那一晚，你感伤地说："只有我们这一代，才会这样认真地回忆苦痛吧！别人大概不会了。"

其实，我也有这般的惶恐。趁着莫拉克台风的来去，我尝试透过讲课，提醒孩子们，苦难正在发生，但伤痛会带来成长。别忘了，我们是台风的子民。每年都需要雨水，灌溉家园的农作，但也常被过度的雨水无情地挫伤。这堂大自然开设的必修课程，每一个世代都无可避逃，都会遇见好多回。

那几日，我仿佛列维－斯特劳斯提到的雨林巫师，叙述了好些过去的灾害故事，一边抚慰他们的不安，一边带领他们思考，如何友善地对待土地，面对未来。我特别把最近邂逅的这两则，与你分享。一则是你族人的，一则是我乡亲的。以前都是看到你像志明一样恓惶奔走，俨然我们这个世代身影的孤单。但从这两个故事，我隐隐然感知，下一代其实已经悄然站在我们身旁面对挑战。

我们以为他们是草莓族，只懂得网络世界，虚拟的时空，失去对土地的信仰。其实，在一年比一年强大的自然灾害中，他们不断遭受撞击，或许会比我们想象的还要坚强，更懂得，审慎面对重生。也更懂得，这座岛的宿命。

反观我们这一代，在爱护土地这堂最基础的课程，好像无法彻悟。大自然透过一次又一次的灾害，不断提示我们，但我们仿佛不知谦卑，继续以科技的思维领导未来。啊，造成土地受伤的人，其实没什么资格训示下一代。还自负地担心，历年来建立的美好价值，会在未来消失。我们最大的悲哀是，丧失了一个巫师的预知远见，也丧失了山猪的灵敏。

相对地，这两则少年的真实故事，对待生命的乐观，对未来的期待，都让我有种微妙的鼓舞。无疑地，地球逐渐暖化之际，他们将会面对更大的自然反扑，更大的生命挑战。

面对这些孩子，除了至深的抱歉，我只能期许自

仿佛枯死的九芎，竟在海边的漂流木里冒出了新芽。

己，在化为尘土之前。跟你一样，还有志明那般，纵使热情绵薄，细瘦如你们的取火植物九芎，我都会竭尽地燃烧。

Chapter 11

伸港来的阿嬷

从小就常看着，往返台中鹿港的彰化客运，行经老家前的公园，热络地在繁华的三民路上奔驰。怎知时移势转，此客运营运三四十年后，台中都会的重心逐渐迁移到七期重划区。如今在这条旧城区的干道上，想要遇见此线客运的机会减少了许多。

虽说班次锐减，行至乌日时，还是有驶入高铁站的班次。只要算准时间，大抵还算方便。有一天中午，我欲前往高铁，搭乘的就是这条路线。

那次搭上客运后，车上已有三四位老人坐在里面。我选了一个靠窗的单排座位，甫坐定，只见隔着走道的双人邻座，有一位阿嬷正在打理包裹。基于旅行习惯，我礼貌性地跟她打招呼。问候时才注意到，阿嬷座位旁，摆置着一根磨得泛出亮光的大扁担，还有一只如彩色斑马纹的家计袋仔，以及一个白色斗状的小帆布袋。

这等行头一看即知，呵，那是我们中南部，乡下人外出远行，讨赚生活必备的物件。日正当中，远行的家当都带出，我不免好奇，阿嬷接下来的行程内容。尤其是，在这条我娴熟多年的路线上。

关心之意萌生，当下便问道：“阿嬷，透中午，这么热，你要去叨位啊？”

“要回家啊！”遇见陌生人搭讪，阿嬷的回答很简洁。

“啊，你是住叨位，还带了家计袋仔，这么辛苦？”我继续小心地探问。

“我住在伸港，等一下要在彰化转车。在最后一站下车。”

啊，伸港！我不自觉在心里默喊着这个地名，随即产生一阵微妙的悸动。半甲子前，我退伍时，最早赏鸟的地点就是这里。它位于鹿港之北，大肚溪口之南。一块土质贫瘠的海岸郊野，耕作条件不佳，居民生活也很简朴。顿时间，我隐然感觉，自己和阿嬷有一种熟稔的在地关系。

“啊，你怎么这么勤快，跑到台中来玩？”我半开玩笑地说。

“唉，生活这么艰苦，做生意都来不及了，怎么敢四界玩？”阿嬷被我这样亲切地一逗，答话也就多了。

“你担货到台中卖吗？”我继续嘘寒问暖。

“是啊，我固定在第五市场卖海产。”

“我也常去那里买菜，怎么不曾遇见啊？”

“我都在卖鹅肉那一摊隔壁，靠乐群街，每个月还要给租金的。”

“喔，那边我较少过去，我都在忠孝小学后门这头买菜。改日，我若再去买菜，一定去你那边跟你交关。”

她听了，笑逐颜开，颔首点头。一边继续整理衣物，似乎生怕自己穿得不够整齐，有失礼节。我细瞧她的脚，一双平底鞋上的脚踝，还着了肤色丝袜。

这一不小心聊熟了，两个人的关系又更加趋近了。

从伸港海边到台中来卖海产，着实远了些。我不免好奇，她到底担了什么？随兴又问：“你卖什么海产呢？”

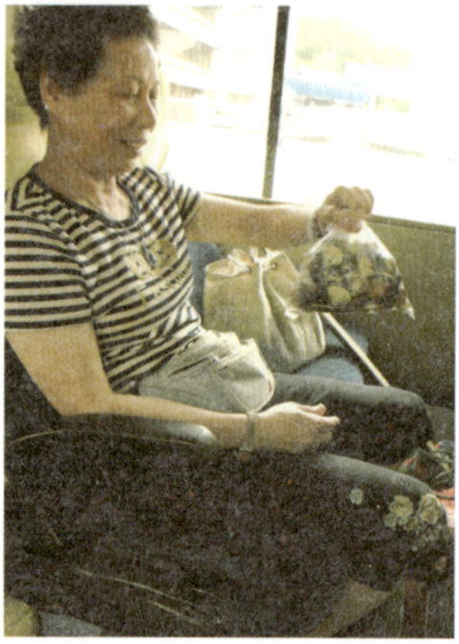

阿嬷提着卖剩的蛤仔，自信地展示给我看。

阿嬷害羞捂住脸，不好意思让我再拍照。

她从家计袋仔取出一袋蛤仔："这是今天卖剩的，准备带回家自己吃。"

我称赞道："这么漂亮肥大的蛤仔，我若不是要去搭高铁，一定跟你买。"

她听了甚是得意，话匣子继续开启。原来，她每早固定从伸港搭公交车到台中。以前在建国市场和民生市场，卖自家种的蒜头好一阵，后来固定落脚第五市场后，改为贩卖海产，不知不觉已过了二十个年头。如今七十有三，身体依旧硬朗如昔。

第五市场是台中历史悠久的传统菜市场，战前即繁华地存在。很多老台中人都以麻雀虽小，五脏俱全，形容它的完整和丰富。比如我母亲，在此买菜多年，仰仗惯了，还真离不开。纵使到其他更具规模的菜市场，她老是有一种疏离感，好像别的菜市场总缺少了些什么。

这般挑剔，说穿了，我以为是惯性的问题。在第五菜市场，哪个摊位的老板比较阿杀力，哪个比较龟毛，买了近四十年，母亲可是了如指掌。因为小，她轻松就能掌握。

我们所熟知的第五菜市场，顾客主要以公教人员为主，跟摊贩间往往会形成一个稳定的买卖关系。很多人都是看对眼了，货源取得稳定，品质亦有保证，就长期依附此摊，不再随兴游走。

伸港阿嬷能在此摆摊，长久做买卖，相信熟客一定不少。老主顾势必都信任她卖的是伸港当地的海鲜，不是大陆货，也不会随便以外来的海产鱼目混珠。他们以绵长的时间，悄然建立了一个紧密的信任关系。很多人都会预约订购，好让她事先准备。

除了蛤仔，她还卖什么呢？随兴一聊，她顺口念出了玉仔、鲟仔、刺仔和蚵仔。还有白玉蛤，最贵。后座的欧巴桑见我们聊得起劲，插嘴道："伊的蚵仔虽然小粒，却是本地的。最新鲜，不是大陆货。"

阿嬷念出这些海滨生物时，不免又让我想起当年观察的岁月。初时在那儿晃荡，驻守海岸的士兵瞧我一身暗灰色军服的打扮，始终怀疑我是走私偷渡客。等熟识了，竟也懂得用碉堡里的望远镜找鸟。看到我来时，还兴奋地请教我泥滩上一些水鸟的名字。

那时观测水鸟的单筒望远镜仍相当缺乏，我手上仅有一部双筒望远镜，还是购自台中港的水货。不犀利也就算了，挂在脖子甚是笨重，端望久了更常头昏眼花。总之，在岸边持此一物，还不足以辨识长相近似的水鸟种类。

多数退潮的时间，我被迫深入广阔的泥质滩地，在蚵架林立的海滩，竖起一块暗色的木板作为遮蔽，在那儿漫长地蹲守。等待水鸟群慢慢接近，才能清楚观察它们如何觅食。

有时蹲久了，水鸟还未接近，反而是等到下海捡拾文蛤或捕捉鱼虾的老妪老翁。他们看到空无一物的海滩，怎么会有一个庞然的物体矗立着，不免好奇地走过来一探究竟。等看到是我这样的赏鸟人，缩头缩脸着，更加惊奇世间怎么会有这样无聊之人，如此鬼鬼祟祟地蛰伏。

也有那么一两位总是埋首工作，根本不理会我的存在。有时就漠然走过我身边，继续低头专注地看地面，好像把我当成蚵架或者漂流木。

但有一回最叫人感动，一位老翁驾着黄牛车，大老远从地平线过来，一直驶到我旁边。看我一副被寒风吹得快结冻般，贴心地问要不要坐上去，他可以载我回海岸。

水鸟素来怕人，总是保持一段遥远的距离觅食。老人们的踽然到来常让我心惊，每每好不容易等到水鸟接近了，结果他们一挨近，水鸟都拍翅远离了。

阿嬷露出金牙的开怀笑容，突地又让我回想起这些和那些老妪老翁们，黧黑而皱纹密生的沧桑面孔，还有朴实无华的个性。说不定当年我遇见的那些人，也有她认识的呢！

在这儿赏鸟时，我正熟读瑞秋·卡森女士几本有关北美海岸的书籍，随即也注意到此间海岸的问题。因而开始撰文，积极地呼吁抢救这块大肚溪口潮间带的湿地。

当时非常担心垃圾的恣意倾倒，滨海工业区的盲目兴建，火力发电厂的设置等毫无环评的把关。这些问题若悬而未决，将导致海岸生态的严重失衡和破坏，许多潮间带物种的快速消失。

那儿如今如何了呢？时隔这么久，我意外地遇到了来自伸港的阿嬷，专门以贩卖当地海产为生。她能天天从当地坐客运到台中贩卖，显见当地海岸生态一定持续稳定，方能提供不绝的货源。

我美好地想象着，那儿合该还有一个生态完整而丰富的海岸湿地吧！要不然，她如何持续卖了二十年呢？相较之，我对早年自己和友人在此呼吁保护海岸的过往感到宽心，却又强烈地浮升羞惭。

愧疚的因由是，当时自己发挥的力量相当微小，而且批评完就离开。日后并未针对这些海岸环境议题，持续提出长期监督的建议，更无任何实际具体的改革作为。至于宽心的又是什么呢？很显然，在我们离去多年后，此地并未沦陷，成为工业污染的不毛之地。

我分析，日后势必有当地的自然生态团体，认真地推动海岸的环境保育，才可能使此地幸免于破坏，继续维持半甲子前的丰富多样。

这些环保人士是谁？我并未继续追问，只是专心地细算她讲的海产，发现少了一种动物，于是不禁再探问："咦，怎么没有卖虾猴呢？"

"现在虾猴很少了，又不准随便捉。"阿嬷叹道。

"虾猴不准捉？"我不免困惑，随即反问，"但鹿港还在卖啊？难道你们这里有保护？"

"当然有，我弟弟现在被政府聘雇，做看守员。"

她这么一说，我更为惊讶道："你弟弟？"

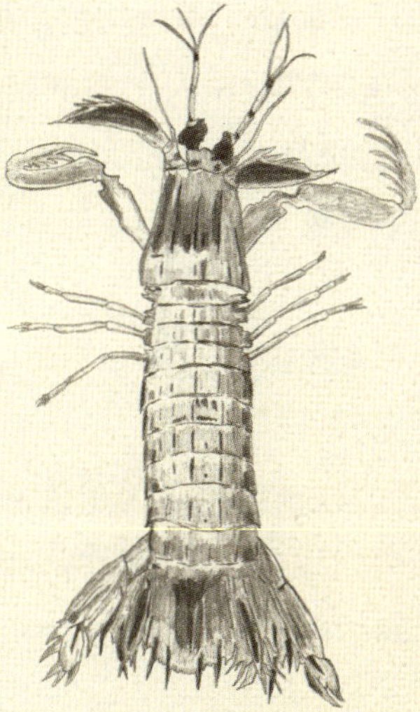

虾猴 2009

阿嬷有弟弟，想必是接近她的年纪。果然，只差了两三岁。

看来此地还是面临了海岸物种消失的威胁，但我分析，政府可能在地方环保人士的催促下，采取了措施，雇用当地无工作的老人，看守以前经常被捉捕的动物。阿嬷的弟弟是这样被录取的?

于是我更好奇地探问："以前你弟弟是做什么的？"

"捉乌鱼的。以前寒流来，乌鱼子可以卖很好价钱。现在乌鱼被大陆对岸捉得厉害，野生的变少了。他只好来当看顾虾猴的。这工作虽没什么赚头，但卡实在啦！"

乌鱼少了，这涉及的是两岸的渔业问题，太敏感了，我只能先顾及台湾海岸的生态。心里则继续涌升一阵自责和茫然。没想到早年自己呼吁保育的地方，后来都是靠着在地的中老年人胼手胝足，维护住既有的家园。我这样随兴游走的，多么该被检讨呵!

高铁站到了，我必须下车。下车时，特别再跟阿嬷致谢，若没有她的介绍，我如何学习这番生活智慧呢？往后的日子，不知何时会再念及这块年轻时启蒙的湿地啊！

阿嬷挑着在地当令海产的出现，无疑地饱含着某种生态永续的意义。更在调侃了我的只说不做，着实该好好反省。若未搭乘这班路途遥远的客运，大概就不会遇到这位伸港海边来的阿嬷。我也意外地在客运上，学到了多年前亲临现场，还不一定看得到的海滨生活。

短短不到半小时的车程，我仿佛回到半甲子前的伸港，而且收获良多。下车时，对这班从小即熟稔的公交车路线，因而有了更加难以磨灭的情感，也更加怀念那大肚溪口南岸的小村之种种了。

Chapter 12

苕浓溪上游的小村

高中不是一所学校，是一个部落。

一个前不扒村、后不着店的布农人部落。它隶属于高雄县桃源乡，村子旁只有一条南横公路经过。

光是这两句形容，大家恐怕还是不知道确切的位置吧？但我若继续描述，应该就有个地理概念。从村子往正西方，翻过一座中海拔高度的大竹溪山，就是八八风灾时遭遇最大灾变的小林村了。

不过，这两个村子间没路可通，若要从小林前往高中，势必得下抵甲仙，再循着南横公路北上，先经过宝来。但没人这样旅行的，多数游客抵达这处荖浓溪泛舟的起点，眼看前方山高水险，大概都不会有意愿再往前了。

百年前英国摄影家汤姆生（J. Thomson，1871）深入六龟旅行，描述地理环境时，宝来仍是布农人的领域。那时平埔人辗转移居到六龟，总是惊悸不断，深深畏惧着这一内山强大族群的威胁。如今宝来是汉人拓垦荖浓溪的最后一站，商业蔚然的媚俗观光氛围，比旁边的大溪更容易浮溢街衢。

若过了宝来，南横公路开始蛇样蜿蜒，盘绕着陡峭的山区，真的没什么商家和生意。纵要继续深入旅行，经过此地也绝不会多停留片刻。

一路上，只有几处紧促、窄仄的休憩亭子，三两间没有多少游憩内容的民宅。多数轿车都是仓促地经过，急驶入南横公路的高山峻谷之间，或者是赶赴东海岸的蔚海蓝天。

连出生在此的年轻人都不想久留，宁可到城市里找工作。这段山路泰半陡险曲折，唯有一些稍见平坦的凹山隙谷，便散落着高中部落的人家。如今居民以布农人为主，间有一些客家人，以及内化为布农人的南邹人。平时的村子里，老幼妇孺为多。

十年前，为了追寻汤姆生的行迹，我曾经冒失地到来，停驻了一个午后。此村盛产梅子、山芋、山苏、地瓜之类，并无特别的经济作物。后来，我跟一家水果摊买了当地的芭蕉吃。贩售的中年妇人，还带着一对未上学的儿女。每天一早，她便在村子前摆摊，通常整天下来，只有零星顾客上门。她有大半时间照顾儿女，兼及打骂。

问了好几人，都知道达摩瀑布，还有一处小温泉外，就数不出其他重要的景点。那时村人也还没什么观光愿景，整个部落死气沉沉。活着的唯一可能，似乎就是等待迁离，或者消失。面对着妇人的凄苦无助，还有小孩的无辜与稚气眼神。很难想象，当年西方旅行家走访此间山区，看到平埔人听及此一族群时，充满惊恐的害怕形容。

但当年，平埔人的那种畏惧犹疑，反过来也微妙地激发了西方探险家的好奇，进而想象这一族群的壮盛，甚而揣测着这座山区或许蕴藏着什么吧！早些时，另一位行径争议甚多的英国探险家必麒麟（W. A. Pickering，1865）冒险到荖浓，在自传式的旅记《历险台湾》里，便再三提及寻找肉桂等可能的香料植物。

抵达荖浓溪上游时，他也邂逅了一个奇特的景象。一位居住东部的施武郡群布农人，刚好带了六位战士来访。他们披兽皮着红衣，一身华丽盛装。同时，携带了熊皮、鹿皮和兽肉等物资，翻山越岭到此交易。部落里的妇人和小孩忙着打点丰盛的食物和饮料，准备招待这些远到的来宾。此地乃登玉山群峰之径，更是东西族群交易的重要驿站。

四年前，我跟随一群建筑学者前来评量社区营造。根据参访的缘由，这座先天条件不良的村子从未泄气，一直认真摸索生态思维。他们选择村落旁边的塔罗流溪，作为自然保育的示范，尝试带动新的观光可能。

为了迎接远到的贵宾，高中部落里的人穿着布农礼服排成一列，整齐站在紧邻着南横公路的塔罗流溪边。还有一些妇人则背负着孩子，在入口的凉亭准备餐饮。

我顿时又想起了，百年前探险家在此山区的见闻。只是我们并未喝酒跳舞，也未进行任何致词，而是由族群里的耆老和向导带领着，先上溯塔罗流溪，观察当地的自然保育状况。

布农人盛装欢迎我们的到来。

谈起原住民部落的护溪行动，大家都会想到九〇年代初，邹人在山美村达娜伊谷溪，展开护溪护鱼的成功案例，现在不少部落也积极仿效着。达娜伊谷溪的保育，除了巡逻防猎，禁止毒鱼外，还选定河段，筑起溪石护堤。等溪里的苦花多了，成为优势族群。邹人又担心鱼群的食物匮乏，还定期喂食。

苦花通常很怕人，愈大尾，愈爱躲在岩洞深处，不易发现。一旦大咬上钩，拉扯特别带尾劲，溪钓者常视为过瘾的挑战。

但达娜伊谷溪的苦花，早已养成大相径庭的习惯。当观光客站在溪边，总会看到成千上万的溪鱼，毫无畏惧地涌现。若带了饲料喂养，更会形成鱼群竞食的壮观场面。

高中部落为了保护塔罗流溪，防止外人偷偷进来捕猎，照例会轮番派人巡逻，但他们并未采用达娜伊谷溪的模式，宁可保持溪岸的原貌。大自然把这溪冲刷成什么样的环境，就保持那种风貌。

苦花 2009

在溪流较深较湍急、不易跨越的位置，他们只搭起一座简易的竹桥。其他过溪之处，完全利用溪石，踩跳而过。沿着溪岸，他们也未特别铺设任何的石阶，而是以人踩出的小径为主，整理得较为宽阔。整条溪，只有在迎接我们的桥边入口，盖了一间休憩的大凉亭。

沿着森林蓊郁的溪岸往山谷走去，我一边走，正思考着这样的建设如何看待时，旁边一位学者悄悄靠过来嘀咕："刘老师，你是懂自然生态的，一路什么建设都未看到，跟其他原始溪流一样，怎么看待呢？"

这一问，害我顿时放缓脚步，走起路来若有所思。继续往前，除了溪鱼，整条溪也是蝶道。一些空地上集聚着各种蝴蝶，忘情地吸食矿物质。

我再次想起，百年前，英国博物学家郇和（R. Swinhoe，1864）在南部看到蝶群迁移的惊人画面。往这小山谷抬头，也有各样色泽的蝴蝶，沿溪上空来去，或在林冠上层翩翩起舞。

高中部落沿袭传统，只搭建简易的竹桥跨越溪流。

盛装的向导谨慎地掷出一小块面包，吸引苦花。

霎时被阳光刺得眯眼的我，满意地微笑着。再低头下望溪流，仍未看到任何一尾大鱼。只有一些像大肚鱼般长度的小鱼，在溪边游来游去。这样清澈的溪水怎么会没鱼呢？我驻足岸边，左俯右瞰时，一位盛装的中年向导走过来："想要看鱼吗？"

我点点头。

他随即解释："为了证明溪里面的确有大鱼，我现在要做一件很不好的事。请你原谅我。我平常是不会这样的。"

他这一说，我愣了一下，摸不清楚意图，却只见他从口袋中掏出一块面包。撕了一小片后，轻轻抛出。

面包片一着水面，原本躲在岩石下的肥大溪鱼快速涌现，仿佛饿了百年，竞相过来抢食。面包片被啄食不见了，鱼群随即消失。再丢一次，争抢的惊心画面再度出现。这里的鱼群似乎很害怕人类驻足。但我瞄到了，好些鱼在快速翻转时，侧腹闪现大片的银白光影。还有不少庞然而圆滚的苍黄鱼背，数度破水而出。那闪逝不及零点一秒吧，但一看即知，啊，是苦花。色泽充满野性的苦花。

达娜伊谷溪的苦花，熟悉了人群丢面包的习性，总像锦鲤般贸然群聚溪岸，甚而也一齐张口，等候嗟来食。但这儿让我回到了传统山川的环境，表面看不到任何生命动静，仿佛死寂一片的溪涧。

随手一掷面包的画面，过去在山林寻常遇见，原本没什么，但经过部落向导这一充满歉意的理性叙述，紧接着，再看到苦花们的野性演出，我暗自惊悸，感动不已。

没想到，非人类为中心的深层生态学理念，在此已然落实。更吃惊的是，部落里的老人都能解说一些溪流环境的知识。很显然对于溪流的保护，这里已经达成一个共识。或者，传统狩猎文化里更深的环境奥义，部落族人又有一番体会。保育溪鱼或溪流生态，并不是纯然为了观光，而是共生，依循自然的脚步循环。

其实进入南横的山区以后，随便停车，往任何一条溪流探看，相信都是清澈无比，两岸森林原始的风貌。但长年生活在一条溪旁边的部落，如何利用溪流，就值得检验了。高中的布农人们拥有如此成熟的自然观，我想这样的共识，或许比一条溪流的长年清澈，更是无限珍贵的资源吧。

走完溪径，村人在凉亭表演布农人著名的八部合音，以及狩猎祭的舞蹈。八部合音和谐的自然美声举世闻名，不少布农部落晚近便受邀到各地访问，甚至巡回世界表演。但此地位处偏远、贫瘠，再者人口有限，八部合音的水准恐无法达到一般专业要求的水准。他们只因为有贵宾到来，因而努力想把自己最好的一面展现出来，一如摆在我们眼前的简单食物。

表演完后，好几位妇人背起幼儿，小心地绑好包裹，匆匆离开。不知是赶回家去煮晚餐，或者继续采收李子的工作。留下来的多半是耆老和解说向导，诚恳地期待我们提供一些外来的永续看法，切磋如何经营部落的环境。

若未在此生活个两三年，我们怎敢有建言呢？这一穷困的部落，显然无法保存昔时的荣光，却也未期待大量游客的到来，毫无保留地把家园辟为观光游憩景点。他们只是简单地活着，想要有尊严地活着。

宣扬、承传和重新寻找传统祖先生活智慧的原住民部落，晚近愈来愈多，但愿意深入理解生态意涵的原住民部落，大概就不多了。遥远而简窳的高中部落，却默默地在努力实践，着实教人尊敬啊。

但莫拉克台风时，小林灭村，周遭部落亦遭受严重伤害。经此巨变的高中部落，是否愿意再如此和自然对话呢？

断续从风灾新闻报道中，得知高中残存的消息后，我翻箱倒柜，搜寻过往的笔记，还找到一些零星的行旅小品。稍事修润后，先在部落格发表，阐述这种溪流保育观。结果有一陌生的读者恳切地响应，其文叙述如下：

> 传统祖先的生活智慧跟新生态意识之间常有不

塔罗流溪沿岸森林茂密，盛开黄花的山盐青是过去布农人重要的代盐植物。

谋而合之处，不一定是背道而驰的两端呢！

好多年前在那几个村子做调查，记忆很深刻。村子里受访的老人家里一贫如洗，还要养一个智能不足的孙子，但腼腆的他，竟然为了我们两个素不相识的客人杀了一只山鸡，让我们非常过意不去。晚上，他就参加老人的聚会一块唱八部合音，唱得专注认真，生活的艰困仿佛在融入的歌唱里得到祖灵的祝福和抚慰。

很感谢这位读者的响应，让我更加了然部落的决心和坚持。生活可以贫穷，但那不是生命的唯一。一个人如是，一个村子亦然。

莫拉克台风后，一切归零，从头开始的高中部落，面对毫无建树的塔罗流溪，相信更能体会个中道理的。因为简单惯了，因为一无所有，他们会继续坚持吧，我真的如此深信着。

Chapter 13

冬天的怪婆婆

别以为偏远的茅屋、森林里的农家，居住的都是亲切、淳朴的人。有些人离群寡居、愤世嫉俗，就是不喜欢陌生人接近。我们的出现有时像豺狼虎豹，其实是很不受欢迎的。

去年冬初，跟友人前往平等里爬山，便遇见这样一桩值得深思的事。

那次有四对夫妻一起上山。过了溪，循一石阶蹭蹬上行。未及一半，前方来了一对青年男女仓皇下山，看到我们即将往上攀登，好心又惊怕地说："前面有很凶恶的狗，拦阻去路，无法往前了。"

我们分析，他们可能对狗的习性和认识还不甚清楚，姑妄听之，仍执意上去探看。果不其然，还未看到石厝，两只大黑狗一起现身，远远地狂吠、示警。

我们更接近时，只见两只大黑狗的狺吠声更加激烈。接着，又出现一只大型的黄金猎犬挡路。我在前头带队，慢慢地接近，蹲下身，仔细观看那对大黑狗，虽然状似平等里以水圳著称，愈往上游山区堤岸愈加原始，适合漫游。

凶狠，却摇着尾巴。这一副态势便知，它们在装腔作势，只是摆出防御性的威吓，并非想攻击人。

我和友人继而姿态低下，慢慢挨近。如此放慢动作后，狗群便减轻了敌意。再低声细语地呵哄，三只狗便快乐地摇尾，靠了过来，甚而接受我们的抚摸，全然安静了。

这些狗护守的安山岩石厝，整理得相当洁净。我特别取出相机拍照，再慢慢地靠近观赏。不料，突地听到一声严厉喝叫的斥责之声："你怎么在偷拍我的家？"

我听到，吓了一跳，循声张望，只见一位戴着斗笠的老妇人，从旁边的废墟石墙探出头来。我急忙上前解释，表明拍照并无他意，只是觉得房子漂亮，建筑结构很美，因而单纯地想拍摄而已。

她依旧很不高兴，嘟囔了好一阵。随行的一位女山友机灵地称赞她，皮肤保持得很好，像年轻人。菜园也照顾得很好，叶菜类肥厚而碧绿。但她还是不领情，只

平林坑溪是诸多平等里水圳的水源，鱼路古道部分路段沿溪而行。

是讲话的口气不再如此倨傲，充满对人的疑虑。

前方有两条山路，若循溪下蹬，可抵河床，若沿石阶上跻，通往棱线。我们不知哪条正确，再向她请教。她却一问三不知，不愿意回答。在无法获得正确的资讯下，我们选择了石阶的山路，试着走上擎天岗。初时，石阶沿着废墟旁边铺陈，山路虽狭小，路况还算良好。走了好一阵，进入蓊郁的密林。不久，路径戛然而止，眼前只见溪涧尽处绝壁高耸着。我们似乎做了一个错误的判断。

大伙儿分头摸索，皆探不着前行的路线，停下来休息一阵后，败兴地决定打道回府。这时，不知是谁注意到，旁边的麻竹丛冒出了鲜绿的嫩笋。现在正是挖采麻竹笋的好时节，没想到，荒郊野外竟能邂逅，自是兴奋。一时之间，找不着路的挫败心情似乎获得移转，大家试着挖拨泥土，肥硕的麻竹笋渐渐露出，众人随即欣然地以瑞士刀割取。接连挖了四颗，各自分装，准备带回家食用。

我们心满意足地收拾好物件，下山途中，赫然看见老妇人带着三只狗爬了上来。手上还拎着一根挖竹笋的工具和麻袋。

看到此一场景，我心里暗叫不妙，顿时才惊觉，莫非这深山里的麻竹笋，正是她准备挖取的，却被我们捷足先登了。

怎么办？我和一位山友商量，准备从实招认，或许这是她栽种的麻竹，应该跟她解释，向她购买。但他认为这种状态下，恐怕解释不清了。还不如快点离去，以免麻烦愈扩愈大。

他快速往下行去。我有些为难，跟了一小段，总觉得奇怪，再停下来。后头另两位山友也匆匆赶下来，我征询他们的意见，他们同样觉得，老妇人脾气怪异又倔强，恐怕难以沟通。状况难料，还不如快走，免得惹祸上身。

眼看他们继续往下疾行，我若回头坦承割笋，未免无团队精神。随即，又觉得事情不应该如此处理，心头顿生拦阻他们的意念。看看待会儿，是否在石厝停歇。等老妇人回来，再跟她好言解释。

我正加快脚步下山时，只听到狗吠声再起，老妇人已在后头追我们，高声大喊：“贼仔！”

走在前面的两人，慌得赶忙掏出竹笋，丢往山谷的草丛，以免被逮到时，人赃俱获。他们觉得两手空空，老妇人再怎么凶悍，只要坚决否认，她也无可奈何。

他们好心劝我，快点把竹笋丢入山谷。我原本就犹疑，当下更不想这样处理事情。霎时间也觉得不必害怕到这等心虚的地步。那些山狗的叫声愈来愈近，我仍忖度着，不该如此判断和假设，让事情朝最坏的方向演变。但山友们继续往山下冲，生怕被逮到。

未几，老妇人愤怒的喝叫声更加逼近了，我心头涌上的想法却愈加复杂。第一个念头是，就算我逃掉了，此后能心安吗？再者，这儿是我深爱的山区，以前常来此徜徉，难道以后就不来了？如果我今天这样狼狈溜走，就算老妇人日后不识得，自己又如何回来面对这块土地？

我又感伤地闭目细想，这回在野外挖取麻竹笋，不小心犯了错，伤害了一个辛勤农耕的老妇人，若再刻意溜走，恐怕更难面对自己的良心。再者，自己经常教导自然观察和生态理念，犯了这等错误，这又是多么讽刺的事？以后跟学生们讲演，我又何来颜面，义正词严地大谈土地伦理、生态环保。

顿时，我断然惊觉，自己必须诚实地面对这样的窘境，因而转身回头，决定跟老妇人解释。一位山友走路较慢，正好走到我旁边。我欲开口，打算告知自己的决定。不意，那老妇人下山速度奇快，没三两下，已追赶而至，气急败坏地直指着我们，继续破口大骂："贼仔！"

我倒是主动走向老妇人，准备解释擅自割取麻竹笋的意外。那三只率先在前，冲向我的大狗，看到我突地回头走，反而吓了一跳，急忙蹿回去。老妇人一时收势不住，直接撞向我，愈加生气地大吼道："走，跟我到派出所。我要告你们偷拿别人的东西。"

我急忙拜托她，不要如此生气，容许我详细地，把整个事情的状况，一五一十地解释。但老妇人完全不理会我的述说，硬是拉扯着我的衣袖和背包。落后的友人急忙趋前调解，耐心地跟她解释这个无心之过。但她继续大喊道："背着背包，明明就是刻意装登山，其实就是要来偷背麻竹笋的。"

我只好更低声下气，再次委婉地解释。我们真的是来爬山，着实因为找不到路，陷在山谷，不意看到麻竹笋，以为是荒郊野外自己生长的，当时并没有想到是她的财产。

我心里也暗自想，荒郊密林里，那是否真的就是她的农作，恐怕都很难定论，但毕竟我们是外来者，无论如何，不该以为是野地，就随便摘采。这个界限一逾越，本身就理亏了。

这栋一条龙式的安山岩石厝古色古香，也是我初遇怪婆婆的地点。

这是我和山友误挖的四颗麻竹笋之一。

友人再掏出一千元纸钞，表示愿意购买麻竹笋。但她还是不领情地拒绝，嚷声道：“你给我十万百万，我也不要。”

麻竹笋四颗，当然不会这么贵。我以为她可能不愿意多取，于是掏出五百元。她照样拒绝，继续怒吼我们的偷窃行为。

她还气到随手拿起一根地面的枯枝，作势要打人。只是经过我们的善意解释，不断地诚恳赔不是，继续好言相劝，阿谀她。又再次表示愿意以高价购买时，她的态度才逐渐软化。

但她坚持不收钱，继续大骂我们这些不速之客。听她这般凶悍地指责，我隐隐感觉，老妇人过去可能常受到登山人的骚扰，或者窃取过农作物，才会积压这等负面印象。如今再加上这回的状况，日后遇见登山人，态度恐怕会更加恶劣了。

我着实不愿意看到她对外来者继续存有偏见，因而继续和她沟通，希望她能知道我们的心意，接受我们的道歉。

最后，她还是坚持赶我们离开，不愿意收任何钱。我们只好无奈地离去。但经过这回诚实善意的沟通，她虽然还生气，对登山人的行径应该会有另一番看法，了解这次并非恶意偷窃。我们愿意面对这种错误，也展现解决的诚意。

她的古厝就坐落古道旁边，随时都有登山人经过，冲突恐怕还会再度发生。我也暗自下定决心，下回来时，一定要带礼物，跟她赔不是。我希望她知道，多数外来者是善意的，不会随便破坏人家农作，或者取走不该拿的物品。

或许，她对登山人仍有恶劣印象，但我相信，慢慢地，她会知道，我们不只是在和她互动，也在跟山林对话。我们因为热爱这里，经常拜访此地。因为看到她辛勤耕作，心里洋溢欢喜。更因为心情坦荡，日后走过这条山路，想必会愈走愈踏实。

Chapter 14

新中横的绿色家屋

过了山城水里，再往内山行去，只有一条台十六线。

这条山路的尽头，井然二分，看似吉利的数目字也变了。绵长的台二十一线紧贴着中央山脉，但南北风光截然不同。

往北行，不远处，日月潭坐落着，沿途开阔，景致明媚，一路好山好水。晚近熟知的一些新兴的文化创意产业，或者社区营造的示范村落，这儿也散落了那么好几处。在此仿佛看得到美好的光景，也看得到未来的发展可能。

若折道向南，俗称新中横，道路突地变得窄小，穷山恶水，直通东埔，遥指神木村。过往新闻报道里，雨季一到，凡新中横，都是负面的新闻为多。山崩路断、土石流横阻等不好的印象，常拢集而来。

前个月，我临时要去日月潭附近，拜访社区营造的新景点，一时订不到附近的，只好上网在就近的水里，找间适合的民宿过夜。初时我们以为，民宿就在镇上不远处。岂知，水里范围甚大，非区区一小镇之内涵。当我和内人摸黑驾车，寻路抵达台十六线的尽头，发现不是左转，竟而非得转向新中横时，二人顿时不安起来。

“可以退掉，说不去了吗？”我一边转向，一边迟疑地嗫嚅着。

“可人家已经准备晚餐，这样太失礼了。”老婆口气还是很坚决。

车子又开了三四公里。一路上，左侧多为险峭的山势，右边则是开阔的陈有兰溪。或许是接近山区，夜空不时急落暴冲的阵雨。月光下，溪水看似优美，但时断时续的豆大雨珠又仿佛提醒着，山洪若爆发，随时可能会有那种挟着巨大土石，浩荡奔腾的骇人情景。

我们欲下榻的民宿叫老五民宿，坐落在上安村，一个叫郡坑的小地方。一般地图上，还不一定注明。连我这样经常旅行的人，久未走访，对此地亦是充满强烈的陌生和疏离。

车子抵达荒凉的村子后，只见街道暗灰灰地，仿佛已半夜多时。单面的一排街屋，几户人家露出鹅黄小灯和电视屏幕的闪烁，映照着柏油路上湿答答的水渍之光。从抄录的地址索骥，我们小心翼翼沿一条小径右转，再陡下而行，弯绕至一河阶台地才结束。这段更没路灯，只能靠着车灯搜寻。夜色昏暗，我们虽然看不见彼此的脸，但势必都充满无奈，仿佛误上了贼船。

按木牌指示，驶抵民宿规划的空地后，四周尽是荒郊林野。我们不禁再纳闷，想要下榻的民宿到底在哪？直到把行李卸下，又有一牌子指引方向，才豁然有了另一番新境。

眼前一条蜿蜒的幽深小径，铺着错综的石阶，弯弯曲曲地伸入一座庭园。小径旁并没有路灯装置，路面亦有些崎岖不平。我暗自诧异，这些小细节都没处理好，该不会民宿还未完工吧？还是老板为了省钱而就简？走没几步，才警觉，自己一时心急，大意误判了。

只见不远处溪声潺潺，几只流萤缓缓慢飞，周遭蛙鸣亦不断。若是小径映射明亮的灯光，恐怕就无此风景了吧？而小径刻意弯曲，保持原始风味，也有形成多样风景的功能。我们再举头，林子不远处，一栋二层楼木屋外貌的民宿坐落着，黑瓦白墙散发着和风味，仿佛风景明信片上的画面。

主人似乎恭候多时，仍在一楼亮着鹅黄小灯的餐厅工作，有机的晚餐也早就备便了。这几年在家习惯清淡安全的食物，外出旅行吃东西，甚是辛苦，尤其是走访偏远地区。没想到这家民宿在网络上的宣传，毫无夸张不实之处。二人一边享用晚餐，自是开怀不已。

我们当初在网络上寻找民宿时，主要便是看到了自然农法的介绍，被此一信念而吸引，决定挑此夜宿。但那时还是半信半疑，可能只是广告噱头。现在不仅旅途的舟车劳顿终于卸下，连当初订房的忐忑不安也解除。

桌上的晚餐内容如下：红曲面线、土肉桂佐破布子煨苦瓜、有机蔬菜色拉、金针菇炒洋葱、花生豆腐，以及梅子炖鸡等。几乎所有食材都采用当地自然农园的物产，或者以自家腌渍的食品作为佐料。这顿简单而别致的晚餐，从内容的选择即可忖度出主人的理念和用心。

饱足后，走上二楼的客房休息，环顾房间内的摆饰果真无电视、冷气，外头亦无卡拉OK。一般民宿若是如此布置内容，相信游客必定抱怨不已。但女主人一开始即提醒我们，希望旅人来此敞开心胸，多聆听周遭自然环境的声音，而非躲在房间内，观看电视。我虽欣赏主人的信念，但不免疑惑，到底有多少旅客，愿意选择这等简朴的民宿环境?

净身后，下楼再拜访女主人。她正在餐厅一角，制作多种口味的全麦馒头。这项副业，如今慢慢地成为老五民宿的招牌。民宿在此偏远位置，能够吸引的旅客着实不多。他们因而发展手作食品，譬如馒头、酿造醋、腌梅、梅精等，试图推广地方物产，同时增添些许收入。

饭后，通常民宿主人都会泡茶，请客人吃些小点心。如果客人愿意聊天，他们也乐意分享自己的生活资讯，或当地风物见闻。

这间开业约莫十年的民宿，不只强调建筑的家园美学，以及民宿的在地精神。更难得的，当然是怀抱有机的理念经营。过去我偶遇民宿主人，或有生态观念甚佳者，嘴上喃念环保，但往往力行有限。那天晚上，针对有机农作，我便进一步探询庄主在此自给自足的理念。

原来，男主人姓卢，绰号即叫老五，从小在郡坑的乡野长大。年长后，他到城市的银行上班。女主人过去也是上班族，担任山叶钢琴的老师。后来，他们厌倦紧张而忙碌的都会生活，十多年前决定搬迁回老家。

这样的返乡背景，其实在台湾各地比比皆是，并不特别。但接下来的遭遇，似乎才值得反思。返乡后，老五因为爱喝茶，决心从事茶叶的栽植。他先在日月潭畔购地种茶，起初也洒农药，但他渐渐困惑，农药真能治虫吗？小时候认识的害虫现在依然生生不息，反而是农药必须不断推陈出新。更令他沮丧的是，家乡早已质变，不再如儿时那般淳朴。

“其实这些都是有相关性的，因为人的要求太多。依

女主人正在制作全麦手工馒头，我们离去时，还买了好几条。

照大自然的法则，农作物只能收成一半，但人全都要，就必须洒药施肥，然后赚比较多的钱，再去买卡拉OK、喝酒……结果有比较好吗？没有啊！生活富裕了，精神却变弱了。我们这儿的人年纪轻轻就中风，体态也全都走样了。”没读过生态学的老五，从生活中累积的体验，摸索着人和自然的相互关系。

他得到一个结论，大自然有平衡的机制，也决定栽植有机茶叶。只是当时有机之风未开，较高的售价使得茶叶销售困难，没想到又遭遇一场土石流，将茶园冲毁大半，迫使他走向民宿经营之路。

为何要盖一间和风味十足的民宿呢？其实，老五只是怀念小时候的乡村，期待有一栋色泽可以搭配自然环境，同时非水泥的建筑。结果跟建筑师讨论后，搭建出了今日黑瓦白墙的模样。如今不远处，他自己和一些友人，利用工作假期，正在兴建另一间屋舍，更充满节能与环保精神。

也不只建筑带着绿色思维施工，连庭园维护亦然。

比如，农庄辟建前原有一条长满水草的弯曲圳沟，过去地方政府花钱疏圳，全部铺上水泥，九二一地震时崩毁。老五自己开怪手清理，转而以石块重新铺砌河岸，恢复水草多样生长的世界。桃芝台风来袭时，即使大水淹没庭园，溪流仍安然无恙。老五笑说，比水泥还省钱。我们以为那是生态工法，但那时他根本没涉猎多少生态知识，只是执著地想要恢复儿时所看到的溪流环境，有溪虾和小鱼栖息。

还有草坪上，仿佛种植了许多园艺植物，其实不然。老五都坚持本地的原生树种，搭配民宿的内涵。我们远眺民宿犹如清静典雅的京都别墅。细观之，才知是充满生态内涵，尊重物种的乡土农舍。

隔天清晨，我们喝当地出产的羊奶，吃手工全麦馒头和蔬果色拉。原本一大早想赶去日月潭，因为喜爱整体民宿的环境，又好奇老五夫妇的理念，遂刻意再留些时间，继续和他们深聊。

我有一个不解，想从他们口中获得答案。台二十一线贯穿的信义乡，还有紧邻此乡的这里，大抵是每回台风时，屡屡发生土石流的地方，也是生态学者诟病，地质最为脆弱，山坡开发最为严重的环境。夏季一落雨，许多游客都不太敢前来。他们为何坚持在此条件相当不利的环境经营民宿，还要宣导有机呢?

老五回答很干脆，因为这是祖先的家园，世代在此成长。

除了实践自己梦想中的屋舍，他还希望带动村人，一起进行自然农耕，渐渐让家乡的土地变干净。经营民宿不仅能吸引旅客到来，购买当地的物产。透过直接接触，农民发现愈来愈多消费者询问作物是否有机，因而更会思考转型。反之，拜访产地也让消费者认识作物的真面目。

保护土地也维护自己的健康，将来下一代才能继续在此安身立命。老五深刻体认，有机无法一个人单独完成，而是大家一起不用药，整体环境才可能改善。

黑瓦白墙的老五民宿乍看充满和风味，房间摆设富有巧思且窗明几净。

依循昔时农村建造的老五民宿，每个角落都蕴含自然和谐之道。

老五夫妻要让家乡土地变干净。

早些年，他在乡间，听过许多过度喷药的可笑案例。比如，有人到葡萄园摘葡萄，当场吃了两颗，嘴巴就麻了。还有一个更离奇，一个小偷摸进农园摘果物，偷了一阵后，结果当场倒地睡着了。莫非是太累了？非也，而是周遭刚刚才喷洒农药，小偷在里面待太久，被熏昏了。

经过他的不断劝说，身体力行，时日一久，周遭的邻人也发现，有机耕作的成本反而比喷洒农药低，又对身体好，遂逐渐认同他的理念，放弃了惯行农业的栽种方法。如此，一个接着一个，好几户都跟他站在同一条阵线。

于是，六七位志同道合的农民相互合作，在这片简窳之地悄然地组成了上安自然农耕队。他们尝试以友善对待土地的方式，种出各种安全的蔬果和农产，宣扬生活中实践环保的重要。

他们种的果实仍是附近的特产，只是梅子没附近的青绿，葡萄亦不如丰丘的肥美。但这些农作对土地、

对食用者、对生长在这块土地和农耕的人，都是健康安全的。

以前我常疑惑，有机家园的梦想，在台湾会不会是纸上谈兵？在这儿，在台湾最不安稳最恶质的环境，一个从乡野摸索土地伦理的民宿经营者身上，我隐然看到，这等仿佛不切实际的高远理想，早已在默默地辛苦摸索，而且是从民宿的经营出发。

八八风灾时，信义乡再度遭到土石流重创，水里亦遭波及。坐落陈有兰溪畔的老五民宿，还有农耕队还安好吗？后来得知此地无恙后才宽心。诸多熟悉的灾区，却特别关心它，无疑地，我们早把这里，这栋偏远小村的黑瓦白屋，当作生命里很重要的旅次之地，也认定是未来偏远山区理想家园的指标。

Chapter 15

家山

有时，我常有错觉，这座猴山岳山脚的小村，仍停滞在清朝末年的时空里。

随便哪个角落望去，整齐有致的茶园散落多方，好像文山包种茶犹处于一个当道的热销年代。只有走近细瞧才知，好些荒芜的田埂延伸过去，茶丛间都有蔓草野藤杂生其间了。

我则习惯在村前的大榕树起程。不知为何，跟村人一样，走到这儿，都会先停下脚步，检视装备，再抬头环顾远方，才有继续安心爬山的氛围。

小村叫炮子仑，地方文献有一说，因为昔时山上栽种了不少柚子树，故而名之。我在此行山多年，却以为是常见的白匏子集聚繁多，才兴此意。

小村人家多集中在一开阔的台地，十来间一条龙、手把式和三合院古厝散落着。唯有几间新兴的公寓集聚于产业道路一隅，提醒我离街镇不远。深坑老街更在山下景美溪畔，车程不过一刻。若是昔时挑茶的人下山，

茅草屋 2005

快脚一点的，大概一小时便可抵达。

以前上抵村子，主要循溪涧边一条狭小的石阶山道，登山口有一嵌入石壁的有应公小祠。十多年前，初次上山，即由此拾级而上。从隐秘的茶园中乍见小村时，惊为某一失落的早年农家聚落。此后便莫名地常来此，或以台地为起点，朝后方的七八条山路健行。

小村台地后的隐秘森林，如是漫游了一个年代。心头最常挂念的，应该是全村最偏远的一间农舍，百年前即落脚于山腹里的草厝。每回久未走访，心头总兴一阵挂念，仿佛多年未曾回到自己的老家。

夏初时有一天，这等不安的心情又浮升了，不由分说就决定去那儿探望。一大早约集友人，在大榕树下碰头时，草厝的清裕婆刚好从街镇赶到。远远地，就见她兴奋地朝我挥手："刘先生，好久未见！"

未料到，登山口就碰面，我也仿佛遇见故人般亲切，快步迎了过去。本想说，既然遇着了，许久未闲聊，那么就一起同行吧。怎知几位山友仍在整装，清裕婆便先拎着包袱，拄着拐杖上山了。

看着她一拐一撇地走上去，突然有些心酸。十年前初次邂逅，她仍勇健，身上大包小包，扛得比一般行山人还多。没消一刻，脸不红气不喘，迅速超越我们这批年龄不过四十初头的人，害我们好生汗颜。

这个年代，清裕婆每天大清早，都会从大榕树下出发，穿过村舍，穿过村舍后的原始森林。走约一小时的山路，回到山腹里的老家。老家目前仍有三位年逾七十的林姓兄弟，世居那儿，植茶种稻为生。他们是佃农，从祖先来此承租、拓垦，已经延续三四代。清裕婆是老二的太太。

三兄弟的房子是间砂岩为基座的手把式草厝，屋龄合该有近百年。草厝周遭则尽是茶园和梯田。对他们而言，台地就是世界的中心。他们靠着这几甲的梯田和茶园，在此过着与城市近乎隔绝的隐匿生活。除非生病，甚少下山。几乎都靠着清裕婆，每天上山来煮饭，或是

我和清裕婆唯一的合照。(2009)

从深坑采买需要的日常用品。

三兄弟最常下山的年代是日据时期，就读小学时。每天早上五点多灰蒙蒙时起床，赶到深坑小学读书。下午放学了，其他小朋友留在学校扫地，他们已经提前离校，赶着回山上。小学毕业后，他们的工作跟父母一样，每天都得面对周遭的森林和田园。山上总有忙不完的农事，几无清闲的日子。

早些年，他们还养了一只水牛帮忙耕田。十多年前，水牛过世后，才改用耕耘机。以前，他们在草厝旁边，还搭盖一间砂岩小厝，养了两只猪。养肥后，艰辛地扛到山下卖。但一核算饲养和扛运的成本，甚不划算，再加上清裕婆茹素，日后遂不再养猪，改为闲置农具的仓库。

山友整装好后，眼看追不及清裕婆了，我遂改问山友，今天打算走哪条山路去草厝？

从台地通到草厝，最重要的一条山路，如今被称为“茶山古道”，日据时代的《台湾堡图》（1904）和《台湾地形图》(1921)，都清楚地绘制在等高线图上，告知了它的古道身份。

但这回大家想换个路线，决定绕左边的另一条。草厝的地址是炮子仑三号，以它为圆心，周遭的林径古道密如蛛网，至少有六七条山路可安抵。这等四通八达又紧邻台北市区，自然原始又隐密林间，在盆地郊山着实不多见了。

其实若不上山，光是走逛炮子仑的小聚落都很有得瞧。每回外地的友人来访，我都舍猫空，以此村为样板，导览台北盆地文山包种茶区的农家生活。

大榕树旁有两户完好的三合院，左邻高家，右舍蔡家。两家主人都熟稔，见着了总要寒暄几句。连他们家几只黑狗的脾气如何，心里亦有分寸。还有他们不时更替物种的菜畦和围篱，更爱驻足赏析。

另一傍山的农宅，隐秘而雅净的吴家老厝，每次也都会弯绕造访。这间雀榕树下的手把式老厝，屋梁上常年有蝙蝠蛰居。房间里还有百年历史的檀木老床，从日据时期即摆放于此。正厅则有两根如古文明遗留的巨大砂岩石柱，撑起屋顶的横梁，庄严地告知着此地早年生活的讲究。

这些老厝平时都不上锁。那种经常开放，主人不在家的生活风景，更隐然流露出此地村民的良善和质朴。

那天我们刻意绕远路，主要是去探看另一边山头新搭盖的别墅，很担心这间新厝坏了周遭的地理风水，以及过去的山路。

每段山路的林相和拓垦的荒地，随行山友都各有熟稔的经验。我们总是走得缓慢，逐一闲聊每个地段，才不致漏失风景。

比如，有一块荒芜的菜畦，竟出现了荞麦的景观。一片人造的乌心石林子，十年后蔚然成林。五年前还在摘采的莲雾林，晚近荒废了。这一类旷时费日枝节细琐的村落小事，我们都偏执地认真闲扯，仿佛某些村子的

炮子仑蔡家三合院最为整齐开阔。

老人，整日坐在庙口诳谈世事般。这时我们眼中的世界就只有这山的种种，小鼻狭眼地拘泥在此一空间的人情事故。

我们还有一习惯，接近草厝时，先绕进森林里的梯田去探望。

梯田约有一个足球场宽敞，可清楚远眺 101 大楼的每一片玻璃帷幕。这里是三个兄弟生活世界的重心之一。有一回，我放大一张梯田的照片，让他们细瞧。老二还高兴地告诉我，哪个区块叫什么名字，哪里曾住有一条锦蛇之类的。梯田像他们手掌上的纹路般熟悉。

十多年前冬末，初次邂逅三兄弟时，他们正在梯田旁，忙着用细竹架搭盖育苗房。他们的秧苗都是自己栽培，并非像我们在平地所接触，几乎来自统一的秧苗园。

走过这片梯田最深刻的一回，约莫在上个世纪末，最后一年的秋天。梯田处于休耕的状态，但二期稻仍自发性生长，碧绿的稻草秆依旧抽芽，结出不少饱满的稻穗，盈盈地低垂下来。

只是此期稻子因无人照顾，田里遂有诸多野草随兴蔓生，什么鸭舌草、眼子菜之类的都偎集成丛，山脚边的溪泉亦胡乱窜溢，浸毁了不少田埂的路段。

我走过时，蚱蜢和蛙类不断惊跳，遁入草丛，或者混搅一池浅水的泥沙。各种灰暗色泽的蝌蚪，以及大大小小的水虿更是慌得四处游走。仔细检视，田里窜逃的，甚而有泥鳅和鳝鱼。

初时看到这么多样的生物，仰赖水田休耕的环境栖息，我相当感动。原本以为，这辈子再难看到这等生物繁多的水田了。小时遇见这些动物的美好经验，这时全被召唤回来。

等知道三兄弟耕作的生活观，我更是欣然动容。

原来此地梯田开阔，种一期稻子的收获量，便足以不虞生活。第二期干脆休耕，让土地复苏。这个退让，

三兄弟的农作时光：在梯田搭盖育苗房。（1999.1）

在茅草屋后的茶园摘茶。（2005.8）

让夏天之后的梯田有了重新滋长休息的机会。许多习惯游走于森林边缘的小动物，更意外地拥有了广阔的栖息乐园。

昔时带外地友人来此旅行，我亦不断地向人夸耀，此地栽种水稻的生态哲学。除了这块梯田，草厝前还有一块平坦的开阔地，也有块面积相似的水稻区，依赖着同一出处的水源灌溉。

后来和清裕婆熟了，某次闲聊时才进一步得知，六七年前，雪山隧道开凿后，远在十来公里之外，这儿的水源亦大受影响。现在的水量，只能提供第一期稻作的成长。夏天以后，因灌溉的水量不足，不休耕也不行了。

雪山隧道开凿对此地水源的影响，我曾感慨地抒发为文，却引来公路专家的反弹。一纸相关部门的行文里严谨地质疑，炮子仑离坪林不及二十公里，怎么可能会受到牵动？

后来上山时，我把这等情形告知清裕婆。她摇头叹息道："你想看看，你的手掌会麻，复健的时候，主要治疗哪里？"

"颈椎啊！"我前些时刚好有此毛病，她因而刻意问及。

"你都如此了，那山会不会也有这样的情况呢？地下的水像人的神经血管到处跑，我们怎么知道它们跑去哪里？"

老太太说得甚是，对雪山隧道的开通，日后是否影响各地水源，我继续充满疑虑。

这次绕过梯田，第二期继续休耕。只是很意外，水稻羸弱而饥黄，并未像过去继续蔓发，连野草都没恣意丛生。这是怎么回事呢？

众人停下来观望，发现山脚的野姜花似乎也是一片死寂的绿。往昔时节到了，姜花总是洁白绽放，在阴凉的林缘，散发浓郁的香气。这回靠近，却都是干热、浮躁之味。花苞殊少，或未盛开即凋萎枯黄。我更注意到，平时山溪总有淙淙水流的美好声响，如今也清寂了。

山溪消失了！没想到梯田这儿竟然断水，我大为骇异。试着踩踏姜丛里边的凹陷区域，双脚踩得好深，才见溪水缓缓溢流，像人体打针后，一滴滴血渍从小小的伤口勉强渗出。我心里暗叫不妙。

后来又绕回茶山古道，行抵草厝前形形色色的菜畦。

再往前，就要穿过一片阴森濡湿的林子，接着就是草厝坐落的台地了。这片林子有一条山溪蜿蜒出来。从林家祖先拓垦以来不曾断水。那也是众多山行者或是清裕婆来去古道，中途势必停歇，净手洗脸的地方。三兄弟知道这儿水源充裕，特别把一畦畦的菜园辟在路旁，方便汲水浇灌，或者养育土壤。

有一回，我邀纽约来的鸟友柯德席来此巡山。一路上我大赞此地的美好，地下水源的珍贵。走到此地休歇时，只见小溪上铺了三株笔筒树树干，当作桥梁。我还特别跟他称赞林家兄弟：“你看，连小小的桥梁都懂得利用森林的资源，搭得如此精致。”

蓦然间，柯德席跟我说："我现在要做一件事情，要请你原谅我。"

他这一说，让我好生紧张，急忙答道："发生了什么事？"

"喔，我想请你原谅我，必须脱下帽子在此洗脸。"

我听了不免觉得好笑，怎么连洗个脸也需要我允许，这里又不是我家，只是森林而已，他未免也太客气了。于是半开玩笑地回答："这有什么好原谅的，溪水是森林的，每个人来此都会洗脸，它不会分老外和本地人，你就尽量使用吧！"

柯德席还是一脸严肃地跟我说："我的脸涂了防晒油。我若洗脸，油渍一定会跟着溪水流到下面的村子里，所以你一定要原谅我。"

他的说词让我震慑不已，没想到听了我一路对此地的夸赞，那种感情让他认定了，这是我的家园。我是这么热爱这块森林，显然他觉得自己接下来的举措，可能会不尊重我，所以特别寻求我的谅解。

我走到山溪前，想到六七年前带他来此的情景，不禁莞尔一笑。怎知，眼前却出现了我最害怕看见的场景，山溪消失了。比梯田那边还严重，百年来从未间断的小溪，终于水势衰竭，消失了。

我愣在干涸的溪边，再度想起清裕婆跟我聊到雪山隧道的影响，但也想到了地球暖化的可能。先前雪山隧道的影响导致第二期休耕，没想到情况持续恶化，将来第一期都可能无法耕作。届时，若连生活用水都出问题，我看他们只有搬迁下山一途了。

我忧心怔忡地抵达草厝，三兄弟蹲着身子，在灰暗的正房公厅忙着捻茶。屋内没有点灯，幽微的阳光斜射进来，他们习惯借此光线，如同每一代的祖先，蹲在此公厅前，不吭声地摩挲着茶叶。

十多年前初来，三位老兄弟还能跟我谈话，不论漫谈农事或闲扯山里的药草，我总是受益匪浅。他们是我在此山区的自然老师，许多物种的知识，都是透过他们的经验而得以学习。如今三个人都年纪老迈，体力虽犹林家梯田约莫足球场大，每个季节各有风光。

健壮，听力却大不如前。

清裕婆不在，我猜想应在后面的茶仓忙碌吧！跟他们打完招呼，退出大门后，站在草厝前的院埕观望。每回来，都会在此驻足一阵，端望草厝的形容。

健行北台湾山区多年，此间大概是硕果仅存的传统草厝了。它的建料都是就地取材，先以敲打好的长条砂岩稳固地垫底，上半部再堆砌泥土、稻草和稻壳拌和的土角砖，筑成家屋的大半墙面。屋顶上头再铺盖厚密的茅草，交叠成顶，古朴而奇美地伫立在台地。

砂岩和土角砖在台北盆地东南山区，及至平溪双溪一带，大抵都是家屋的建材和内涵。但这些老式房厝，晚近见到的，屋顶多已无茅草铺盖，省钱的多半覆以黝黑的油毛毡，红色或黑色的铁皮屋瓦。也或仍有有心者，继续偏好砖瓦，但坚持草厝屋顶者，着实罕见。

在台湾乡镇，许多地方的民俗文物馆，展场内外都有搭建草厝。仔细探看，多半是用芒草和稻草秆，草率

三兄弟在茅草屋捡茶。(2009.8)

编织修葺。这两种常见植物都有一致命的缺点，容易败坏。多数仅能维持一年。在潮湿多雨的深坑山区，并不适合作为屋顶的材料。林家草厝使用的可非这类植物，而是干旱荒地或河床砂地较易生长的白茅。一般解清热饮用的茅根水，就是用这种野草之根熬煮。

白茅枯干后，质地比诸他种仍较为柔软、细密，多半能维持三四年。铺盖得好，雨水很难渗透。唯山区的环境，白茅并不易获得。他们必须另辟田地种植，秋末草长了才收割，逐次堆放在空地上，准备四年一回的屋顶修补。

一些梯田和茶园旁边的畸零地，我们遂看到了好几个小区块的茅草田出现。为了多一点收获，他们甚而必须牺牲部分茶园和菜畦的栽种。

四年一到，约莫年底时，乃草厝准备翻修之日。等天气放晴，林家兄弟会爬上屋顶逐一修补，帮房子换新帽。如今三个人都一把岁数，爬不上去了。我探问清裕婆："现在三兄弟腰背都不若以往，爬不上去了，怎么办？"

清裕婆笑着安慰我："放心，冬天天气晴朗时，我们都会打电话叫村子里的年轻人上山来帮忙，一区一区地将屋顶重新修补。"

我苦笑道："你不要开玩笑了，炮子仑哪来的年轻人？"

"有啊，蔡金来他们就是了啊。"

原来她所谓的年轻人，其实都是像我这样四五十开外的人了。修补草厝既费时又耗工，无疑也是一门传统绝活。山下的人或可借此机会，学习几乎要消失的草厝技艺。但他们有如此闲暇吗？

四年前，我见过他们更换新的茅草，如今屋顶上的茅草再次长了油绿的青苔，看来又得更换了。不知山下年过半百的"年轻人"，现在技术如何了？

上一回目睹草厝的新貌，其实有些失望。他们像刚学会理发的新手，把客人的头发修剪得零零落落。崭新的茅草，参差不齐地盖在草厝上，远不若早年的美观精致。看来这门课很需要专门的常态训练。这样久久才帮上一回，恐怕难以传承娴熟的技术。

林家三老的孩子们，现今都搬到山下定居。下一代原想一劳永逸，铺盖一层铁皮屋，或者铺上砖瓦。所幸三兄弟仍坚持维持传统的家屋。更未料到，它竟意外地变成某种土地信念的招牌。很多登山人上来，看到朴实的草厝，还有在此喝到回甘润喉的好茶，对林家的好客和奉茶精神都倍感窝心，常会回来探望，或者购买茶叶。

走访北台湾多年，没想到，此一接近大都会的山区，还能保存这么一座完整的茅草古厝，安逸地隐身在蓊郁森林和梯田环绕的台地上。其实，它的价值意义，绝不输山下深坑老街永安居之类的一级古厝。当初看到这座草厝时，我即激动得难以言语。

每次来我都会关心草厝的情形，有时清裕婆一看到，不等我开口就报告近况了。比如有一回，我才走进茶仓，她即嚷道："最近乡公所的人上山来，看到草厝非常欢喜。"

乡公所在山脚的炮子仑曾施土兴工，整修步道，还盖了凉亭，俨然要把此地当成观光景点。我听到她又提及乡公所，着急地问道："有补助草厝的修缮吗？"

清裕婆苦笑地摇头。原来那一回，一位甚少上山的乡公所要员来此爬山，看到草厝后，惊讶得说不出话。他怎么都不敢置信，自己的乡里竟还有此等老厝残存，回去后马上热心地拨了一笔款项。

初时，清裕婆还以为是要鼓励，或者协助他们维护草厝。岂知，这笔钱竟是用来帮他们修建厕所。

乡公所要员以为，大家来此登山喝茶观赏草厝，总不能仍使用茅坑如厕。于是，茶仓旁遂兴建了两间备有抽水马桶的崭新厕所，成为此地最现代化却也最突兀的设备。

说到此，我听了又气又好笑。看来草厝的维护还是得靠他们自己了。修好草厝只是他们这一代承传祖先的责任，以及维系山上农家生活信仰的坚持，跟未来跟政

布满青苔是邻家草厝最美的时刻，却也是换新装的时候。(2000 年冬)

白茅平时即得慢慢累积。

猪寮是砂岩砌成，不养猪放杂物。

白茅平时即得慢慢累积。

府是没有交集的。我不乐观地忖度，在这个跟时间赛跑的比赛里，三兄弟将会是输家。或者，我们也会是输家。

多方观察后，私底下我也一直有个小小的期盼，很希望林家下一代回来，继续秉持山上植茶耕稻的传统，让这百年历史的草厝，继续伫立在这个世纪，伫立在浓密森林的山腹间。

我甚而期望草厝的坚持存在，能够影响到下方的炮子仑村落。以前，我还跟山下炮子仑十一号的蔡金来商讨过。早些年，这个小社区的改造，他都积极参与。十年前，他们家的护龙也是草厝。

一聊及草厝，他也希望有朝一日，炮子仑的房舍多能恢复铺盖茅草的样式，变成此区的特色，展现古老传统茶区的美好，借此推广此地优良的文山包种茶。但这一天会到来吗?

看完草厝，山友们陆续转向后面的茶仓。

清裕婆看到我，大老远再喊道:“哎唉！我走到半途，在岔路那儿休息，想要等你们上来，再一起走。结果始终未等到，你们怎么走得这么慢啊！”

清裕婆大呼小叫，那轻微抱怨的口气，早已不把我当外人。说的也是，好不容易一起上山，岂止她，我也想有更多时间聚在一起。原本陌生的人，毫无瓜葛的土地，竟然有此因缘，人生哪来这么多的福气呢。此一美好的情分和友谊，我自是点滴在心。

我们继续像过去一样走进茶仓，好像回到自家客厅一样。

“怎么这回房子周遭的杂草清理得比较干净？”我困惑地问道。

“老三最近又被龟壳花咬到，干脆把草清除，蛇比较不会出没。”

“去年，他不是才被咬到吗？”

“是啊！不过这回还好，很轻的一口，不用下山住院。”

“老三被咬过几回了？”

“不多，从小到现在才十来回，多半是在房子边咬到最多。”

“天啊！”众人听得面面相觑，相信心里都有这样的惊呼。我再追问：“另外二位兄长呢？”

“他们还好，都只有五六次而已。”

众人一听，又一阵心惊，不免环顾四望，眼光瞅向周遭。

“今天要留下吃中餐吗？”清裕婆顺口又邀约我们。

山友中午都有事，都得赶下山，我一个人不好留下，只好婉拒了。其实，我已经在此用过两回午餐。

有一回，我带柯德席前来，他们热情地邀请。这位老外很惊奇，自己居然能在山上的古老农家，吃到老人家腌渍的食物和栽种的稻米。返回美国后，提到此回台湾之旅，喃念不忘的就是山行时的这道午宴。

茶仓里有一队登山队伍，泡茶歇憩了好一阵，正准备离开。另外，又有一队举家大小从猴山岳下来，仓房里顿时热闹纷纭。这儿像个驿站，总有熟识和陌生的山友不时来去。茶壶不停地煮沸，山泉不断地汲进。不论熟识陌生，清裕婆皆热心地招待大家喝茶聊天。有些常来的，在此买茶后，往往就寄放着。有空上来时，折个弯进屋打尖，撷取这儿的山泉，悠然饮用。

林家世居此地，但接下来的孩子们，会不会承传三兄弟的水稻茶园呢？关于这点，老太太是听天由命，我反而比较忧心。例假日时，几位常上山的下一代，我大抵知道，在山下都有餐厅事业经营，尚看不出回山耕作的打算。

茶过三巡，我探问她：“阿婆，你的脚最近如何，干无恰好呒？”

她开朗地笑了：“多谢你关心，但是老了，将来可能连山路都没法走了。”

我又关心地问道：“山溪的水都没了，你们都用哪里的水？”

提到这，清裕婆可就叹息了，面对这一个困境也不知如何是好。还好他们在茶园上方，备有大型的贮水桶。有些山壁的源头仍会渗出泉水，足以饮用。但明年的水稻呢，还有足够的水可以灌溉吗？会不会，再过几年，连山壁都无法渗出？

每回抱持着愉悦的心情上山，下山却常怀着一丝不安。一会儿担心这或挂心那，有时我真讨厌自己这般操烦。原本都说不想了，也不再去了，怎知一二个月过去，又兴起探望的想念。

小时我在农家出生，年长时回乡下，水田已然变迁，土角厝的村落也消失了。我来到台北落脚，有幸在不远的郊区，邂逅了此一小村和草厝，悄然把这里当做自己的家园，我的家山。

只是这次上山，环境变化得更加明显。老人家的身体却愈来愈差，他们还有多少时日可以耕作呢？此外，原来的地主态度如何，愿意继续让林家继续植茶维生吗？这些问题显然跟水资源的问题一样，我总以为迫在眉睫。

纽约来的友人柯德席（右一）在林家草厝接受传统农家风味的午餐招待。

劳作不息的林家三兄弟。

但清裕婆的乐天知命，似乎又掩盖一切，她总嫌我太操心，总是笑呵呵地安慰：“船走到桥头自然直。”

“但是，还是得跟后一代谈一下想法吧！”我仍一贯忧心地说。

清裕婆继续专心地为我倒茶水：“啊，免烦恼啦，后一代伊们要做什么，伊们自己决定，咱们做给自己，欢喜就好……”

后记

过去出书向来自得其乐，常以一己之力完成书写，兼及绘图和摄影的癖好。整理本书时，因为题材和角度迥异以往，文章校订和图片搜集的过程特别感受到辛苦和压力。好些人物和其背后的故事，常拉出细琐而绵长的生命插曲，更让我心力交疲。还有一些文章发表后，又因浮升意外的情节，或文献资料的增添翻新，或自然科学的新近佐证，颠覆了过往的推敲，我只得重新检视，大幅修润，甚而挫折地否定之前的观点。整个过程仿佛在追探，发掘一颗颗星球的诞生。未几又因衍生新的可能，不得不推翻自己的命名，重新盱衡其质量和光度。而这也是我必须在此交代，并向先前接触过诸多文章的读者，深深致歉的。

这个繁复的爬梳过程里，尤其要感谢江秀真、姜博仁、吴永华、沈振中、陈秀娘、陈添财、张致远、黄义雄、杨南郡、谢春德、简天赏、赖麒泰、丘春火、何华仁等诸位女士和先生，慨然提供照片之使用，或协助我增添见识，扩充本书的丰富性。内人费心编辑和修润，更是此书的重要推手。若以个己之力量，恐无法将作品完美呈现。此外，美术编辑孟达的巧思设计，远流出版公司文娟、丽玲、佳美的宽容与协助，还有诸多期待和关心此书结集出版的人士，在此亦一并感谢。

图书在版编目(CIP)数据

十五颗小行星 / 刘克襄著. —桂林：广西师范大学出版社，2012.10
ISBN 978-7-5495-1278-2
Ⅰ. ①十… Ⅱ. ①刘… Ⅲ. ①散文集－中国－当代… Ⅳ. ①I267
中国版本图书馆CIP数据核字(2011)第281212号

广西师范大学出版社出版发行
桂林市中华路22号 邮政编码：541001
网址：www.bbtpress.com

出 版 人：何林夏
全国新华书店经销
发行热线：010-64284815
山东鸿杰印务集团有限公司印刷
山东省淄博市桓台县 邮编：256401

开本：787mm×1092mm 1/32
印张：10.625 字数：70千字 图片：84幅
2012年10月第1版 2012年10月第1次印刷
定价：45.00元